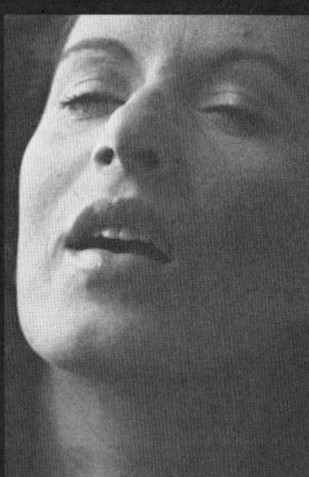

VANIA TOLEDO

© 2019 by Leilah Assumpção

Edição e coordenação
  Eliana Sá
Capa e projeto gráfico
  Silvia Massaro
Curadoria de imagens e fotos de capa
  Vania Toledo
Preparação e revisão de texto
  Margô Negro

DADOS INTERNACIONAIS DE CATALOGAÇÃO NA PUBLICAÇÃO (CIP)
(Morganah Marcon, CRB-10/1024)

A851m   Assumpção, Leilah.
   Memórias sinceras. / Leilah Assumpção. – São Paulo :
Sá Editora, 2019.
   224 p.

   ISBN: 978-85-8202-077-7

   1. Literatura brasileira - memórias.   I. Título.

CDU: 821.134.3(81)-34

Todos os direitos reservados a Leilah Assumpção.
Nenhuma parte desta obra pode ser reproduzida, adaptada,
multiplicada ou divulgada de nenhuma forma sem autorização
expressa da Autora, em virtude da legislação em vigor.

Sá Editora / Milfolhas Produção Editorial Ltda.
comercial@saeditora.com.br

www.saeditora.com.br

LEILAH ASSUMPÇÃO
MEMÓRIAS SINCERAS

Sá
editora

SUMÁRIO

1 - UM AFAGO DE LEILA DINIZ — 11
O grande mito dos anos 1970
A primeira mulher a ir para a praia grávida e... de biquíni!

2 - NA CASA DE VANIA — 17
A iniciante fotógrafa Vania Toledo, que teve um seu primeiro livro feito com artistas jovens, conhecidos, gentilmente... nus!
Um rastro de pó branco no colo...

3 - MINHA AMIGUINHA ODETE LARA — 21
A deusa erótica do Cinema Novo
A atriz e produtora revolucionária Ruth Escobar

4 - OUTROS AMIGOS — 33
O pioneiro músico da bossa nova Carlinhos Lyra
Os jovens autores do Teatro Novo, de 1969

5 - REVIRAVOLTA — 47
A prefeita Marta Suplicy
A primeira-dama de Botucatu

6 - VALE O REGISTRO — 63
O mitológico xamã diretor de teatro José Celso
O xamã das letras, professor Antonio Candido
Inocentes fofocas do bem

7 - CONFISSÕES — 81
O autor Gianfrancesco Guarnieri
Um censor sensível
Os autores de 1969 e a censura da ditadura militar

8 - VIAGENS DE FAMOSOS — 89
José Dirceu e os estudantes de 1968
Londres. Marrocos. Um oásis no Saara e Pelé
As pré-feministas e os hippies de 1970

9 - MINHA AMIGA LUIZA — 111
    Segredos secretos muito bem guardados
    Minha amiga e o delegado

10 - COLOCANDO UMA CERTA ORDEM — 117
    Botucatu e São João da Boa Vista
    Por que rasguei a minha fantasia

11 - DENER E CLODOVIL, CLARO — 145
    Os lendários costureiros talentosos que se amavam e se odiavam

12 - ESSES FAMOSOS... AH, ESSES FAMOSOS — 159
    O grande ídolo da televisão Regina Duarte
    Uma marca de caminhão chamada FENEMÊ
    que batizou a Frente Nacional das Mulheres dos anos 1970

13 - PÍLULAS — 169
    O lendário jornalista Samuel Wainer, amigo de Getúlio Vargas
    "Por favor, eu queria uma dose de bom-bocado"

14 - DONA ANTONIETTA, MONTEIRO LOBATO E WALT DISNEY — 177
    A escritora senhora minha mãe, o autor das crianças e... aquele que
    deu o nome à Disneylândia

15 - PERCEPÇÕES DE 2014-2019 — 193
    Muitas pessoas queridas e interessantes
    Últimas notícias

OBRAS ENCENADAS — 216
OBRAS PUBLICADAS — 219
SOBRE A AUTORA — 221

Recebendo o diploma do curso Normal das mãos de seu pai, professor Salvador de Almeida Assumpção. Espírito Santo do Pinhal, 1959

S. Paulo, 28 de março de 2000

Cara Leilah,

As flores estavam lindas, e o seu bilhete, — como diria a geração de sua filha e de minhas netas, — estava um barato! Não sei porque custei tanto a escrever para repetir o que lhe disse oralmente: que gostei muito do seu livro. Ele tem um encanto que prende, talvez inclusive pela relativa irregularidade da composição, que vai e vem num movimento vivo. O seu texto possui qualidades pouco frequentes, como a sinceridade sem exibicionismo e o calor sem sentimentalismo. Quem o lê entra em contacto com uma tonalidade muito positiva, porque é autêntica. Você não faz fita, não se enfeita, não banca a tal. E como é uma escritora de qualidade, faz o seu modo de ser comunicar-se com naturalidade à experiência do leitor. Parabéns, e um afetuoso abraço do seu velho professor

Antonio Candido

O crítico e professor Antonio Candido comenta o livro *Na palma da minha mão* recém-lançado por Leilah Assumpção em 1998: "E como é uma escritora de qualidade, faz o seu modo de ser comunicar-se com naturalidade à experiência do leitor"

Aos meus netos

*Em 2014, nasceu meu primeiro neto: Otto.
Tive um surto de criatividade durante o ano todo
que resultou em um livro de memórias.
Naquele momento, engavetei-o, pois não era a hora de
olhar para o passado. Em 2016, nasce minha neta,
Anna, nova chama criativa em minha vida.*

*Agora, em 2019, faço "50 anos de teatro".
Minha primeira peça – Fala baixo senão eu grito –
estreou em São Paulo em 1969.*

*Resolvi comemorar publicando o manuscrito guardado
há cinco anos. Reli, cortei, acrescentei...
e aqui está ele. Lembranças de infância, recortes
de juventude, de início de carreira.*

*Mas o que este livro contém mais são memórias que
guardo de amigos, de pessoas que viveram ao meu
lado durante esse tempo, enriquecendo minha vida,
tornando-se personagens de meu universo.*

*E, mais do que personagens, amigos com histórias
dramáticas, picantes, emocionantes e humanas
que conheci e divido agora com os leitores.*

VANIA TOLEDO, 1977

1
UM AFAGO DE LEILA DINIZ

Não. Não conheci Leila Diniz, a lendária musa dos anos 1970. Musa dos homens e da liberação feminina. Não a conheci pessoalmente. O que sei foi dito pelas amigas e pela Odete Lara, que foi minha grande amiga.

Odete ofereceu a Leila Diniz uma de minhas peças para que fizesse uma leitura. Leila respondeu-me dizendo ter adorado a peça e que queria, logo que voltasse ao Brasil, viver no palco uma das personagens. Não contei isso nunca a ninguém. Tive medo de fazê-lo e depois não dar certo. Mas a peça era *Amanhã, Amélia, de manhã*, em que eu retomava a famosa personagem do Mário Lago, Amélia, dona de casa submissa... só que eu a virava pelo avesso.

Tenho uma carta de Mário Lago me falando das duas Amélias: a dele e a minha. Ele se defendia, dizendo que sua Amélia era "a companheira". Anos depois, quem viveu magistralmente a minha Amélia, transgressora e louca, foi Irene Ravache, em São Paulo. A peça foi reescrita com o nome de *Roda cor de roda*.

A primeira versão – *Amanhã, Amélia, de manhã* –, a censura destruiu-a inteira. O então jovem e promissor Aderbal Freire Filho fez o que pôde com o que sobrou. Na peça, a nova Amélia descobre que o marido tem uma amante, expulsa-o de casa e faz do lar um prostíbulo com o nome de Instituto de Expressão Corporal Yoga Krishna Wilhelm Reich. Tinha lido Reich e me apaixonado. A terapia ainda não tinha chegado ao Brasil. Quando chegou, fiz essa terapia, que era adotada pela contracultura.

Leila Diniz foi a primeira pessoa a se apaixonar pela nova Amélia. Porém aconteceu de ela fazer aquela inacreditável e horrível viagem para o Festival de Cinema na Austrália, ocorrendo a queda do avião na volta, na Índia, morrendo todos os passageiros, inclusive a Leila. A data: 1972. Alguém, em algum jornal, falou da peça, mas nunca toquei no assunto. Hoje, imagino como teria sido a Amélia, diferenciadíssima, interpretada por Leila.

Tive a graça da, então, muito jovem atriz Irene Ravache, recém-casada com Edson Paes de Melo, interpretar a nova Amélia. Num certo momento, ela simplesmente sacudia os seios à mostra, provocando um terremoto. A direção indizível era do indizível Antonio Abujamra.

Proibições. Censuras. Cortes. Meu texto também acabava com o Código Civil da época: 1975. Falo dessa peça, porque hoje seria considerada premonitória e tudo o mais. Exagero? Sem dúvida. A advogada Silvia Pimentel, que mais tarde ajudou a mudar o Código Civil Brasileiro (mudança só acontecida em janeiro de 2002), me mandou uma carta que tenho ainda, dizendo que a minha peça tinha sido uma das inspirações que determinaram aquele seu projeto. O código da época, surrealista, está lá na minha peça, ridicularizado à exaustão por mim.

Mas o afago de Leila Diniz foi muito antes disso. E no afago não houve toque físico.

Alguns anos antes, 1969, eu estreava como autora com *Fala baixo senão eu grito*, comédia dramática, vinda das passarelas do lendário costureiro Dener, onde eu era a primeira manequim (lá atrás, fui manequim de alta-costura por alguns anos). O diretor era o cenógrafo Clóvis Bueno, então meu namorado.

A atriz era Marília Pêra, conhecida como atriz de musicais. Ela havia substituído a Marieta Severo em *Roda viva*, do Chico, direção do Zé Celso. Depois eu conto. E há pouco tempo tinha acabado de fazer *A moreninha*.

É claro que ninguém entendia o porquê dessa turma. Clóvis foi quem mais entendeu, aliás, "como" ele entendeu!

Na estreia da peça, quando a cortina foi aberta, o quarto de pensionato da personagem mostrava guarda-roupa cor-de-rosa, cama verde, balões e outras loucurinhas mais. Cenário do Clóvis também. No final, estouraram aplausos, pessoas de pé. Os conceituados diretores Antunes Filho e Flávio Rangel, na plateia, no início com desconfiança, nos aplaudiram de pé também. Prêmio Molière para todo mundo: Marília, Clóvis e eu. Eu concorria ao prêmio "Revelação" e acabei ganhando "Melhor Autor". Foi um marco! Mais tarde, veio a montagem de Bruxelas e depois a de Paris. E por aí vai.

Quando a peça estreou no Rio, Clóvis e eu resolvemos jantar lá em Ipanema, no restaurante famosíssimo Antonio's. Era um mito e a gente foi de fã mesmo. Sentamos e todos "eles", os intelectuais, estavam lá e nos olharam. Nos olharam... Conversa vai, conversa vem, éramos mesmo dois turistas "abelhudos". Jantamos e, acabado o jantar, de repente: TRRRRCK! Dor lancinante! Achei que tinham me arrancado o pescoço! Mau-olhado? Imagine! Não acredito nessas coisas! Não tinha por quê. Fomos para o hotel, ah, que dor no pescoço! Subimos para o quarto, deitei-me do jeito que deu. Ai! Dor! Que dor!

De repente, batem à porta. Era o massagista da Leila Diniz,

querendo me dar uma ajuda! A musa! Nossa! Não imaginava que ela sabia da minha existência. Mistério. Não sei como Leila Diniz soube daquilo. Devia estar lá, no restaurante, claro. O moço massageou carinhosamente, bastante, com jeito. Foi indo, que aconchego aliviante. Passou! Nossa. Leila Diniz sabia das coisas. Deveria entender de tudo! Mau-olhado e outras coisas. Como era generosa! Não tinha a menor obrigação nem nada. Fiquei encantada para sempre.

Daquela igrejinha sagrada do restaurante, acabei ficando amiga de uns e até meio namoriquei um pouquinho outros. Foi aí que comecei a perceber que homem foi feito mesmo pra gente flertar, namorar, ficar amiga. Um deles, quando contei essa historinha, me disse: "Você deveria ter começado pela praia, com o corpo que você tem...". Isso, hoje, daria uma tese feminista radical, mas... ah!... Falou que meu corpo de maiô era bonitinho? Pra que estragar? Mas, sobre o que o meu amigo disse, respondi: "Euzinha?". Com meu envergonhado biquíni paulista, em Ipanema? No meio daquelas desavergonhadas "tirinhas" de Ipanema? Que NINGUÉM no mundo pode usar. Já observei muuuuito bem isso. Deus só deu a graça para aquelas lá! Benditas sejam.

Aí pensei, lá atrás: o Rio, a cidade mais linda e saborosa do mundo, deveria ter, nas praias, orientadores de "como usar a praia". Como é que o carioca a usa? Com roupa de praia vai aos bares, sobe no ônibus, entra no banco e por aí afora. Ensinar a "ser carioca!". Que bom! Mais fácil e prazeroso para todos. O Rio é uma cidade única. Gentilmente ela nos induz a sermos... nós mesmos.

Voltando a Leila Diniz... O sensível diretor Domingos de Oliveira soube ver através dela. Aliás, ele "sabe" das coisas. E aquela foto? Ela, grávida, de biquíni, pioneira, em 1970! Aquela foto, feita pelo fotógrafo David Drew Zingg, deveria estar num altar. E quem sabe não está? Minha irmã mais velha, muitíssimo religiosa, disse ontem: "É claro que está, Leilah". Pronto. Acabou... Não, tem mais um pouco. Domingos lançou o filme *Todas as mulheres do mundo*, com a Leila, um grande sucesso. Daí, mais tarde, o cineasta marginal Rogério Sganzerla lançou: *A mulher de todos*, com Helena Inês, a musa do cinema *underground*. Outro cineasta desse cinema chamado "maldito" é o Neville d'Almeida.

Na estreia da nova Amélia, de maior sucesso, finalmente, da minha Amélia, agora *Roda cor de roda*, 1975, senti como se tivesse um enxame de abelhas na minha nuca. Fui correndo para onde já estava morando Odete Lara, em Muri, Nova Friburgo, nas montanhas. E fiz, com um físico e uma turminha, no quintal, pela primeira vez, uma terapia reichiana, que foi ótima. Pronto. Por enquanto chega.
Reich... Por que esse surto de lembranças agora?
Por quê?
Será que é porque nasceu meu primeiro neto?
Reich explicaria...
Estou paradisíaca...
(*Setembro de 2014*)

Vania Toledo em ação, anos 1970

2
NA CASA DE VANIA

A fotógrafa maior, Vania Toledo, costumava receber em sua casa, muitíssimo bem, nos idos dos anos 1970, quando ainda era casada com um médico cirurgião plástico, que hoje, separado dela, vive a fazer plástica em corpos de mulheres absolutamente nuas com o rosto coberto por um lenço, marido vigilante ao lado. Isso tudo em Dubai.

Vania foi pioneira do nu masculino naquela época, fotografando os amiguinhos famosos, então pouco mais que adolescentes. Caetano, sim, e outros como vieram ao mundo: puros, em nu frontal, entregando-se à doçura daquela câmera desbravadora na sua santa ingenuidade.

Estava eu numa festa na casa dela, sentada numa poltrona antiga recoberta com uma chita poderosa. Sim. Chita florida. Como o casal não era brasilianista, imaginei que a poltrona, talvez, não fosse mesmo de chita, mas da Larmod, já que os adoráveis Attilio Baschera e Gregorio Kramer, donos daquela loja de tecidos, também estavam lá. Eles eram, os dois, há muitos anos, um casal elegantíssimo e encantador muito querido por toda a sociedade. Ao olhar o tecido florido, lembrei-me de meu primeiro desfile como manequim do Dener. Era um chemisier-redingote, encorpado e longo, de tecido nacional, inteiramente recoberto com um estampado colorido de margaridas que arrancou aplausos no Copacabana Palace.

Bem, estava eu sentada tranquilamente na casa de Vania, nessa poltrona recoberta de chita ou algodão egípcio (cinco batidas), tomando um champanhe francês e, de repente, "algo" caiu no meu vestido de organdi suíço, não, organdi é da infância, vestido de zibelina. Vaninha, rapidamente, pegou um paninho, limpou e colocou talco para subtrair a sujeira. Deu aquela linda e famosa gargalhada de sininhos, jogou os cabelos enormes que iam até os pés – cabelos que ela sempre "imaginou" que tivesse e nunca teve – para trás e foi.

Um moço elegante, que reconheci sendo o famoso diretor Joaquim Pedro de Andrade, veio em minha direção. Nossa! Autor da obra-prima *Macunaíma,* com a antológica e inacreditável cena do ator Grande Otelo, o maior ator do mundo, nascendo no meio das pernas do ator Paulo José! Nunca vi nada parecido, não! Na-da! Então o cineasta ajoelhou-se aos meus pés e foi se inclinando, lentamente, até o meu colo. Pelo menos eu tive a impressão de que se inclinava para o meu colo. Percebi em tempo! Gritei: "NÃO! ISSO É TALCO!". Segurei a cabecinha dele, delicadamente. Ele me olhou, com um olhar que jamais poderei entender. Dessas coisas etéreas que não é pra entender nunca mesmo. Levantou-se vagarosamente.

Eu havia escutado uns sussurros que tinha gente acima da classe alta enviesada que oferecia o mal-intencionado pó branco, vulgo cocaína, em festas.

Na época, um puro modismo, servido em bandejas de prata. Nunca soube se era verdade. O nosso casal tinha bandejas de prata, mas não era acima da classe alta enviesada e o cineasta não era do ramo da cocaína.

E o meu cineasta foi se levantando, lentamente, e foi embora.

Será que foi da minha cabeça?

Ele já morreu. Ah!... Essas lembranças apertam meu coração mesmo, doem um pouco, fininho e passam.

Odete Lara, Leilah e Camila, São Paulo, 1986

3
MINHA AMIGUINHA ODETE LARA

Ela era a musa do Cinema Novo e também uma deusa.

Todo mundo musa, *muso*, deusa, deus. Fazer o quê? É que, na virada dos anos 1970, tudo fervilhava mesmo.

Ela era atriz e fazia uma peça em São Paulo. Namorava o Paulinho Saks. Foi a pioneira em namorar homens mais novos, com extremo sucesso. Ela tinha 40 anos, ele 16.

Eu namorava o diretor Clóvis Bueno, como já disse. Aí terminamos nossos casos e, nem sei por que, ele ficou o melhor amigo do Paulinho e eu da Odete. Ela não era mais aquela deusa que deslumbrou gerações, inclusive a do Walter adolescente (Walter, sempre um companheiro, depois de nossas separações e voltas. Isso fica para depois). A Odete, como ia dizendo, era uma mulher diferente, muito bonita. Tipo que homem ama. Tinha muito prestígio no meio artístico. Bom, ela era a "Odete Lara!".

Já éramos, ou estávamos para ser, hippies, onda que veio dos Estados Unidos, começando com atos contra a guerra do

Vietnã, lá atrás no meio dos anos 1960. Foi importante, porque mudou muitas coisas, era a contracultura. Éramos contra tudo e todos. Não. Éramos determinadamente contra a cultura estabelecida. O musical marco disso, *Hair*, aqui em São Paulo, foi produzido pelo Altair Lima.

Clóvis, para mim, sempre foi, de nascença, um *freak* (o radical do hippie). Ele era mais do que excessivo em sua posição contra o *establishment*. Antes de todo mundo ele tinha um cabelão. Era assim um tipo meio marroquino. Algumas pessoas sugeriram a ele que, com seu talento, fizesse quadros para uma exposição. Ele perguntou: "Quadros para burguês pendurar na parede?". Muito contrariado. Era o tipo de coisa que jamais passaria pela cabeça dele.

Na verdade, o que me aproximou demais de Odete foi a doença. Estava se iniciando, em mim, de levinho, a ainda desconhecida síndrome do pânico. Ela era mais para bipolar, com temporadas muito depressivas. Que dupla!

Um dia, Odete me contou que Dener havia emprestado para ela uma roupa para ir ao Festival de Cannes. Na hora H, ela "não conseguiu usar". Achava que não merecia (isso é claro para quem faz terapia). Bom, eu já era autora, fazia terapia, fora a doença "desconhecida", que se iniciava, ainda sem nome. Só foi se revelar, ainda sem nome, mais tarde, na cidade onde nasceu Shakespeare. Pode? Numa viagem de trem até lá (Stratford-upon-Avon) com o Clóvis e o maestro Paulo Herculano, 1970. Me deu uma coisa horrível, que eu não sabia explicar, medo da morte, só quem tem sabe. E aquilo não tinha nome na época. Era "a coisa". Eu me virava como podia, não tomava café, nem drogas, os gurus da época me orientavam. Em 1980 teve nome: síndrome do pânico. Daí tomei antidepressivo com o doutor Fronster Garten, fiz terapia, passou. Mas não foi fácil.

Algumas pessoas diferenciadas, lá no o fim dos anos 1960, faziam experiências com ácido, com seus psiquiatras supervisionando. Mas não prestei muita atenção.

Bom, a Odete e eu (nós, as pessoas, depois que contamos as doenças, conta-se tudo). Tempos mais tarde, já bem amigas, um dia fui visitá-la, no apartamento do Jardim Botânico. Ela me recebeu na penumbra. Estava, como sempre, discreta, com o grande dramaturgo Vianninha, Oduvaldo Vianna Filho, que, no meu ponto de vista, foi seu grande amor. Todo mundo sabia que os dois tinham tido um caso no passado.

E agora estavam lá, os dois.

Havia deixado um namorado me esperando lá embaixo, um namorado da época, e não sei por que comecei a xingá-lo. Vianninha ouviu e começou a rir, rir, rir sem parar. Dizem que nasci com esse humor, fazer o quê? Nunca soube o porquê. Ou se tenho esse humor mesmo. Quando conseguimos parar de rir, todos, ele me falou que tinha gostado muito da minha peça *Jorginho, o machão*, de 1970. Mais realista.

Queria convidar Clóvis para dirigir a próxima peça dele, do Vianninha.

Adorei! Ele era um mito! Depois, ah, morreu com 38 anos, em 1984! Essa coisa dói, de morrer tão cedo!

DITADURA MILITAR, 1964
Falando em dor, como doeu a ditadura, que caiu como um raio no dia 1º de abril de 1964, com um golpe militar, derrubando o presidente João Goulart e durou até março de 1985. Algumas pessoas chamam esse acontecimento de golpe. Outras de revolução de 64. Mas hoje pega mal chamar aquilo de revolução. Soa muito esquisito. É um ganhozinho. Havia pessoas que queriam fazer um Brasil melhor, mais igualitário e os militares disseram que isso era "ameaça" comunista e que os comunis-

tas tinham como hábito fritar e comer criancinhas. Vieram os militares e tomaram conta. Pronto.

Fui me desenvolvendo, escrevendo minhas peças debaixo da sombra da ditadura. Dizem que foi "branda", perto de outra aqui da América Latina. Todos dizem que a pior foi a da Argentina. Concorrência de crueldade não dá. Não aguento contar, não. Isso não aguento, não.

Essa vida só pode ser experimental, não tem outra explicação. E a gente só se dava conta mesmo do clima do Brasil quando saía do país, via um policial e ficava apavorada, porque aqui policial era uma ameaça! Por qualquer coisinha você podia ser preso e levado até o Dops, o que podia significar tortura. Não é exagero, não! Uma ameaça pesada. Aí, em Londres, alguém lhe diz: "Não, os policiais daqui de Londres são gentilíssimos". E então eles passam pela gente, sorridentes... Demora um pouco pra gente acreditar. E se acostumar... Bom, não era esse o ponto, falar sobre torturas, mas veio. Fazer o quê?

Odete me mostrou, não me lembro o nome, uma revista de sexo, onde ela aparecia pelada na capa e me disse: "Com 40 anos! Só conto pra você". Naquele tempo, ter 40 anos era como se tivesse os 50 de hoje, ou 60! Nossa! Como ganhamos nesse quesito! Certa vez, vi uma foto da mãe do Luciano Zafir na revista *Caras*. Corpo divino! Mergulhando de tubo!

Essa aqui, quando mergulhou de tubo, uma vez só, achava que não chegaria nunca ao fundo do mar. De repente, senti chão firme debaixo dos pés, a 18 metros abaixo d'água! Pensei: "Ah... Ainda bem que tudo tem fundo". A dramaturga Consuelo adora essa historinha.

Depois disso, fiquei anos e mais anos sem enjoar no mar! Coisa comum em mim em iates. Só nas novelas do elegante Gilberto Braga, tipo *Água viva*, passada em Angra dos Reis,

NINGUÉM enjoava naqueles lindos barcos brancos. Nem o cirurgião plástico Ivo Pitanguy, que era dono de uma ilha lá. Quando toquei o fundo do mar... parei de enjoar! Valeu. Hoje não penso muito mais em mares e iates. Haja. Já deu.

O tempo, para algumas pessoas, não passa. Para a Raquel Welch, atriz famosa de Hollywood, não passou. Foi casada por um bom tempo com o bonito brasileiro Paulo Pilla, que foi meu flertezinho. Lembro... os dois ainda virgens, em Porto Alegre, onde fui atriz na peça *A ópera dos três vinténs*, do Brecht (1965).

Ruth Escobar, atriz e produtora da peça, ficava achando liiiindo os dois, tão jovenzinhos e virgenzinhos! Tomou conta da minha virgindade por muitos anos! Bom, não tanto!

Ela, quando deputada e querendo SE COLOCAR nas reuniões políticas, tirava um pênis de borracha da bolsa e batia na mesa: pá-pá-pá. Todos morriam de rir. Ficou histórico! Juro!!! Ela era de uma coragem! E muito bem-humorada. Era única. Bom, na *Ópera*, eu fazia uma das prostitutas. Outra era a Maria Alice Vergueiro e outra namorava, apaixonada, o Solano Ribeiro. Solano dirigiu os primeiros festivais de música popular no Brasil.

Um dia, ele chegou e terminou o namoro com ela. Estava começando um caso com outra menina, cantora, recém-chegada de Porto Alegre. Disse que ele era o primeiro namorado da garota. Era Elis Regina, a cantora maior.

Dá para colocar ordem nessa avalanche? Pode parecer surrealista, mas não invento NA-DA! Já tenho minhas peças para "criar". Aqui, não teria a MENOR graça!

Destampou. Um dos quase figurantes da *Ópera* era Silvio de Abreu, um excelente ator. Silvio, o autor de novelas. Depois disso ele foi estudar no famoso Actors Studio, em Nova York.

BOM, A DETINHA...

Odete Lara tinha um lado muito histriônico. Sabia imitar as pessoas "como ninguém" e a gente morria de rir. E um respeito enorme pelo ser humano. Tanto que, no seu livro *Eu, nua* não colocou o nome de absolutamente ninguém. Teve um caso com o grande ator Paulo Autran. Ela e a Tônia Carrero. E não colocou. Eu dizia: "Põe, Odete!". Ele vai ADORAR! Odete não colocou. Quando ele colocou no livro dele, já não tinha mais graça. Eu brincava muito com Paulo: "Vou pintar meu cabelo de loira... Vou pintar". Ele, claro, se assanhava todo. Mas seu companheiro na época demonstrou que não estava gostando. Então parei. Meio sem jeito... Paulo acabou se casando com uma loira também: Karin Rodrigues. E foi "por amor" mesmo.

Quando a Odete lançou *Eu, nua*, a divina Tônia Carrero disse que iria lançar: "*Eu, também*!". Não é de-mais?

Fui muito à casa de Odete, projetada pelo José Zanine, no Joá, ainda vazio. Ela vinha sempre aqui a São Paulo também. E falávamos das doenças.

Ah... estou me lembrando... Nossa! No Joá! Odete e eu, na cama, com bobs na cabeça, convalescendo, só pode ser, das cabeças tortas. Um amigo muito querido nosso, gay, chegou e viu a cena! Hahaha!! O que não deve ter pensado!

O maior sonho secreto da Odete era apreender a andar de bicicleta. A mãe da Odete se atirou num poço quando a menina tinha 6 anos! E o pai se suicidou quando Odete tinha 17!

Ela fez um juramento que não iria, jamais, cumprir essa "sina". Eu lhe dizia que isso era contra a natureza do ser humano.

Mas também ríamos muito e nos apelidamos: "As profetizas do apocalipse". Um dia, melhorei, com Wilhelm Reich, como já disse. Aquela terapia que fiz com um físico. Quando a terapia chegou ao Brasil me tratei com ela por muito tempo, agora com um psiquiatra, claro! Foi absolutamente precioso.

Odete melhorou com o *zen* budismo. Já viram, né? Dois extremos. Um extremo de paz, o *zen*, o outro, de briga, de desatar nós energéticos! Um dia, estávamos numa feira-livre aqui perto. Odete havia voltado de uma viagem à Índia, onde tinha ido pela primeira vez. Era TUDO maravilhoso. Mas Odete tinha seus mistérios e mitificava algumas coisas. Eu estava "louquinha" para perguntar sobre a situação da mulher na Índia (coisa que me interessava). Ensaiei, ensaiei, mas tinha medo do que ouviria.

Respirei fundo e perguntei. Bom, ela gritou com seu jeito, meio, digamos, "desafinado", muito alto, que não estava nem um pouco interessada na situação da mulher! Não sei como não apanhei! Ficamos sem nos ver durante anos!!! Achei que nunca mais. Mas já devia a Odete que ela havia dado a Leila Diniz minha peça *Amanhã, Amélia, de manhã.* Tive a imensa sorte do indizível Antonio Abujamra se apaixonar por esse texto já reescrito com o nome de *Roda cor de roda*. Sorte mesmo isso de alguém ler "do jeito" certo. E a *Roda* mais do que bombou...

Calma, Leilah, você já contou isso... *menas... menas...* Bom, Walter é que fala: "*Menas... menas...*". E ele tem razão. Mas é adorável ver, pela internet, vídeos amadores que me mandam com as diferentes interpretações. É encantador! *Menas...* Aprendi tanto com Walter... E ele comigo... E com outros!? Sempre. Walter foi marido de morar junto, muitos anos, é pai da minha filha, Camila. Depois eu conto mais. Aprendi muito com ele. Mas... Economia? Não teve jeito. Acabei falando: "Vão abrir o capital?". Ele trabalha no mercado financeiro. E assim foi indo, devagar. Por causa das diferenças acabamos nos comunicando assim. "Bom, eu acho que, como com as plantas, é preciso dar uma podada nas coisas de vez em quando. Ele: "É o que eu estou tentando fazer agora". E por aí vai. Nossa! Já imaginaram uma peça inteira com um casal se comunicando só por metáforas? Quando ele perguntava minha opinião analfabeta sobre dinheiro, investimentos, eu sempre respondia: "Separa o leite da criança e o resto você é quem sabe". Eu confiava nele.

IBSEN

Ouvi falar tanto do Ibsen e da bendita *Casa de bonecas*. É SEMPRE ASSIM. "Tudo já foi feito", um intelectual chato dirá. "Não por mim, em 2014", direi eu, também muito chata. Até que vi, na internet, uma tese: *As mulheres de Ibsen e de Leilah Assumpção*, de Laura Castro de Araújo. Nem acreditei. Só não surtei porque sempre fui uma pessoa sã. Essa Laura Castro deve ser uma gênia.

Uma outra vez, em 1984, Odete e eu estávamos indo para o Rio de ônibus, porque estávamos duras. Minha peça em cartaz era *Boca molhada de paixão calada* (20 anos da situação política e sexual do Brasil. De 1964 a 1984). Um grande amigo, político, que conheci nas Diretas Já, foi nos levar até a rodoviária, acompanhado por sua mulher. Simplesmente não se conformava, não entrava em sua cabeça que iríamos de ônibus. Queria comprar passagens de avião para nós duas. Não. A gente queria ir de ônibus. A experiência da contracultura teve dessas coisas... Foi a primeira vez que entendi a fundo esse negócio de "não ter preço". Eu não era nenhuma marciana, mas devia ter um preço. Qual, pergunto? Hoje, que sou avó, eu digo: "Quem tem filho, não dá para não ter preço".

Voltando à amizade, Odete me contou que sua melhor amiga tinha sido Nara Leão, musa da bossa nova, irmã da Danuza.

Odete interpretou um *Caso especial* que eu escrevi, na TV Globo (uma pequena peça, *O remate*), em que ela fazia, com a cumplicidade minha, "uma mulher normal, em menopausa". Quase morri de tanto rir da Odete, tentando fazer uma mulher "normal". Mas parece que só nós duas, ela e eu, quase morremos de tanto rir. O resto, ninguém mais, e a gente não entendeu o porquê.

Será que só nós duas achávamos – antipáticas que éramos, as duas – a mulher "normal" da época ridícula e absurda?

A melhor amiga de Odete em seu final de vida foi a mulher do cineasta Antonio Carlos Fontoura, Letícia, que cuidava dela. Eu fui irmã de escolha sempre. Faz tempo, ela disse para Fontoura, que já foi marido dela: "Tu te deste bem, hein, DANADÃO? De ter Letícia a seu lado e não eu". É engraçado! Mas fiquei furiosa! Tentando manter a intimidade com o marido daquela pessoa ótima, Letícia, que cuidava dela! E falei! Tentou o mesmo com o Paulo Autran e ele falou: "Karin morre de ciúmes!". Levou! Conto mesmo! Porque um dia ou outro todo mundo chega a fazer isso. Questão de poder. Também já fiz. É uma vergonha! Tem que ser generoso, tem que deixar ir e muitas outras coisas, caramba! Detinha também apontava defeitos meus como "questão de ego" e outros. E sempre era ótimo. A Detinha... como dizer... chegou a "ficar", levemente, com dois presidentes, mas disse que jamais seria amante de um presidente. É, tem que ter o "perfil" de amante, né?

Ela me disse que um dos dois presidentes usava panqueique.

RUTINHA, A ENCANTADORA

A famosa atriz e produtora, a feminista Ruth Escobar, uma vez, era muito amiga do presidente de Portugal. E era, também, muito amiga do presidente José Sarney, aqui do Brasil. Ruth sempre foi feminina com os homens. Eles gostavam dela. Um dia, tocou o telefone, a empregada atende e vem: "Dona Ruth, o presidente". Ruth foi atender, daquele jeito dela: "Oi, Zé". E, do lado de lá, se escuta:

"Não é o Zé. É o de Portugal, Rutinha!".

Não é o máximo?

Num *réveillon*, Irene Ravache, seu marido, Edson, Walter e eu fomos numa festa em uma boate badalada. Irene foi com um vestido bonito, longo, que na verdade era uma *lingerie* muuuito chique. E uma joia importante. Apesar da joia... o costureiro José Nunes, nosso amigo, quase teve uma síncope! Uma estrela global da novela das oito não podia fazer aquilo com a lingerie. Pegasse uma roupa dele e tudo mais. Eu também usei muito uma camisola longa, que foi da minha mãe, de cetim pêssego, macio, desses que não existem mais, com um colar de pérolas chique, comprido. Isso, em Londres e num *réveillon* da Ruth Escobar aqui. É, a gente podia fazer isso. E só nós (pausa). Só nós não, anos mais tarde virou moda. Não escrevi uma crônica sobre a Escobar, porque ela já tem livros e história conhecida demais.

Faz tempo, aqui em minha casa de agora, que Odete chama de pequeno oásis em São Paulo, estávamos Odete, eu e outros em volta de uma mesa, quando Walter surge com um livro com um título mais ou menos assim: *A política brasileira deste século*. Ela olhou, olhou, viu os nomes, olhou as fotos e, de repente, sempre tão discreta, disse: "Nossa! Eu comi todo mundo!". Aplausos! Ela queria usar a palavra "comi" de forma moderna, diferente do sentido que a geração dela usava, ou seja, no sentido de "dei". Foi muito engraçado. A mulher começava a ser sujeito e não objeto, proativa e não reativa.

Telmo Martino, o colunista do *Jornal da Tarde*, escreveu um dia: "Odete Lara pegou sua toalhinha e se mudou de Ipanema para o Leblon". Pode? Resumir uma década inteira nisso? Ipanema deixa de ser "moda", depois de 10 anos, e daí entra o Leblon. Ele falou que Regina Duarte era a preferida do "orfanato". Ela riu demais. Ela sabia que, pessoalmente, era simplesinha (mas encantadora). E que Consuelo e eu éramos "as *go-go girls* do teatro brasileiro". Consuelo e eu começamos juntas em 1969. Parece que ela grilou: "Eu? Ah! Quisera ser ainda".

Sei que Odete, me contaram, participou de todos os atos políticos. Ela, Leila Diniz e outras estavam na linha de frente da famosa passeata dos 100 mil, de 1968, no Rio, contra a ditadura. Tem uma fotografia famosa disso. E os filmes então? Quanto à mulher, ela foi aprendendo com a pioneira feminista Rose Marie Muraro. O *zen* diz agora que a salvação do mundo está na mulher. Parece, não cheguei a ler, mas Odete sempre que via uns monges achava um "bonitinho". Ela ainda os via como homens... Virou monja *zen*. E, assim, ajudou muitas e muitas pessoas. Volta e meia, pedia aconchego, feito menininha, sempre para um homem. Ou Fauzi Arap, ou Bivar e assim por diante.

Bom, eu também gosto de aconchego, mas de, no mínimo, 1,85 m de altura. E fofo.

Ela me confessou que deixou de ter desejo e fazer sexo com 60 anos. Foi o maior alívio da vida dela. Essa confissão é historinha, porque, antes disso, ela havia dado A MAIOR IMPORTÂNCIA, mais do que todo mundo, para o sexo. E tem algumas mulheres que vão até os 97. Não sei qual é a última "palavra de ordem". Não sei. Só sei que sexo é energia plena, circulando, pulsando, ah! Mudei o foco!

Odete me contou que foi visitar o Vianninha, pouco antes de ele morrer (de câncer), no hospital. Ele ficou completamente desesperado, com medo de que a "esposa" chegasse e a visse lá. Ela saiu correndo de volta para casa.

Uma vez, consegui conversar com ela por telefone, lá no Rio. Eu disse que vi, na internet, o nome do Vianninha e escrito ao lado: "Esposa: Odete Lara". Mesmo sabendo que só burguês mediano usa "esposa", ela conseguiu entender... e sorriu.

Normalmente, eu ligava, e ela se despedia dizendo que iria acordar morta no dia seguinte.

Aí, comecei a ligar e a perguntar para a enfermeira, que era minha cúmplice: "A Odete já morreu?". A enfermeira caía na gargalhada. Ela vinha atender, morrendo de rir também. Tenta você fazer isso! Tenta!

Cheguei a ver que as crianças gostavam demais da imagem dela, agora, com cabelos entre loiros e brancos, roupas claras... Diziam que era uma fada... E era mesmo. Uma generosa e querida "irmã de escolha".

(pausa)

A enfermeira da Odete, no telefone: "Dona Leila? É a enfermeira da dona Odete!"

"Oi! Como está ela?"

"Vou colocar no telefone. Dona Odete! É a sua amiga dona Leila."

"O quê?"

"É a sua amiga que escreve peças!"

(pausa). "Não sei... (pausa) Não sei... Não lembro mais nada..."

4
OUTROS AMIGOS

Fui muito amiga do Sábato Magaldi e da Marilena Ansaldi quando eles formavam um casal, anos e anos atrás. Ela era, e é, uma grande bailarina. Marilena nos segredou que teve uma decepção enorme quando foi à então União Soviética profissionalmente em mil novecentos e nada. Naquela época não era politicamente correto, era pecado mortal falar mal daquele, então, paraíso.

O casal nos recebia, jovens autores de 1969, e nos estimulava muito. Éramos José Vicente, Bivar, Consuelo, Plínio Marcos e eu. Jorge Andrade, de quem Sábato lia todos os textos, e outros, muitos de teatro e de dança, iam visitá-los.

Naquele tempo, as pessoas de teatro se comunicavam mais do que agora. Era tão saboroso! Que prazer! E eu já estava meio morando com o Clóvis, tudo redondo! Esse meio morando era um momento muito importante para nós. Era o "noivado" das modernas e revolucionárias, que mais tarde... acabavam se casando, "para agradar a família". O que não era o meu caso.

A crítica de Sábato sobre *Fala baixo...* foi de tirar o ar, digamos assim. (A do Yan Michalski, no Rio, idem.) E por aí afora. Sempre bombou onde estreou. Mais tarde, aconteceu o mesmo com *Intimidade indecente*, com Irene Ravache e Marcos Caruso.

Brilhantes. Com produção do Walter. Prêmio APCA (Associação Paulista de Críticos de Arte) para o texto. A peça bomba onde estreia.

Mas, dos autores de 1969, penso que Sábato admirava mais o Zé Vicente. Nelson Rodrigues é *hors concours*.

O Zé Vicente era o caçulinha da turma. Tinha 22 anos e me dizia que teatro era uma igreja. Política era coisa menor e mulher... uma bobagem. Um dia (1973), ele foi no meu apê da rua General Jardim e ficou um tempão sentado, olhando para o infinito. Daí levantou-se, disse que tinha sido ótimo e foi embora.

Morei sozinha uns oito anos nesse meu apê.

Para Plínio, teatro era uma tribuna para se discutir os problemas do povo. E brincava que se tornara autor só para ter sucesso e "comer" com mais facilidade as meninas bonitas. Foi a primeira vez que ouvi isso, em 1969. Não sabia ainda que os homens fazem tudo por esse ato bíblico.

Plínio estreou antes da gente com *Dois perdidos numa noite suja*. No mesmo ano, Bivar com *Alzira Power* e *Cordélia Brasil*. Zé Vicente com *O assalto*, em 1969, Consuelo com *À flor da pele,* Isabel Câmara com *As moças* e eu com *Fala baixo...* Muitos ganhando o Prêmio Molière, o mais importante do teatro: uma viagem à França ou à Inglaterra. Que ano!

Tudo fervilhava debaixo da ditadura e da censura. Nós frequentávamos o restaurante Gigetto, onde dividíamos os pratos para ficar mais barato. Éramos todos duros. Plínio tinha cadeira cativa e não cobravam dele. Era o mais duro. Uma pessoa deliciosa.

Pedíamos um filé chamado Xi-xi porque vinha delicioso da cozinha fazendo assim: xiiiiiiiiiiii. Debaixo da grande repressão, havia muita vida, um momento cultural muito rico, muita coisa acontecendo. Era uma alegria subterrânea e clandestina. E nos segredávamos tudo. A Consuelo me contou que o personagem da sua peça era o autor Lauro Cesar Muniz, que tinha sido seu professor de dramaturgia. Ela me disse que ele respondeu a ela com a peça *Sinal de vida*, usando a mesma personagem dela: Verônica.

E que horror tínhamos da censura! Mas eu ia lá enfrentar. Fui a Brasília liberar o *Fala baixo...* com uma roupa jovial, mas do Dener. Eu havia sido manequim dele.

A gente sabia o que estava acontecendo nos porões da ditadura, mas ir tentar liberar não era coragem nenhuma, era o impulso normal. Não dava pra ficar sentada vendo tudo ser proibido!

Os censores eram uns "senhorzinhos", à beira da aposentadoria. Implicaram com os palavrões. Me disseram que Plínio Marcos podia, porque era um homem do cais do porto. Mas eu não! Era uma moça fina. E não conseguiam falar, na minha frente, os palavrões. Então, para deixá-los à vontade, comecei a recitar os palavrões, eu mesma. Mas com toda a classe, é claro. Com isso, consegui liberar a palavra "gozar", que eles queriam trocar por "chegar ao clímax".

Um bom crítico que vem daqueles tempos do Gigetto é o Jefferson del Rios. A Ilka Marinho Zanotto vem depois.

Escrevendo sobre meus amigos, nossa! Quanto saiu de mim! Mas que ingenuidade, é óóóoóobvio! O ponto de vista é meu, dramatúrgico. Graças! Agora não preciso mais escrever autobiografia, memórias nem nada. Graças, MESMO!

Música, gosto de ouvir como objetivo em si. Como música de fundo, de conversa, não dá. Eu amo música, mas cultuo demais o silêncio. Marguerite Duras, me parece, proibiu que se colocasse música numa de suas peças. Deveria ter seus motivos. João Cabral de Melo Neto também tinha problemas com música, todo mundo sabe. Os músicos também detestam "música de fundo". Eu, bom, a-do-ro música clássica. Eu e meu papagaio Tonico.

Camilinha deu o Tonico para o Walter de presente de aniversário e quem vendeu o bicho avisou pra ela: "Ele gosta de música clássica. Só". Não. É muito mais. Ele faz a soprano, com voz fininha, depois o tenor, e por aí vai. Tem música que ele gosta de dançar mesmo. Sua gaiolona na minha sala é um verdadeiro trapézio, onde se diverte a valer. Um dia, a Vania Toledo veio almoçar aqui, aniversário dela (coisa rara que eu convide, sou meio isolada). E trouxe a empresária Clô Orozco, a marchand Regina Boni, a produtora Lulu Librandi, o jornalista Mário Mendes e outros inofensivos.

Eu disse que sou meio isolada... sempre fui uma ermitã! Não acho o ser humano uma coisa fácil, não. Mas, surpreendentemente, todo o tempo em que vivi na mesma casa com o Walter, nas estreias de peças minhas, nós dávamos uma festa bonita aqui na nossa casa nos Jardins. Com alegria. E dávamos para aniversários de amigos queridos. Como para os 80 anos da Tônia Carreiro. Os 80 do John Herbert também.

VOLTANDO AO GRUPO DA VANIA E AO TONICO
De repente, começou a tocar um celular e todo o mundo abriu a bolsa e procurou e procurou. Aí descobriram: era meu papagaio Tonico. Adora imitar celular: gargalhada geral. Em dia bonito, ele vai feliz para a mangueira em nosso quintal. Aí, me

segura. Se a Leia está arrumando as camas e toca o celular dela (de lá, ela não escuta), ele começa chamar: "Alô! Lea! Lea!". Quando Walter chega, começa a coqueteria. Requebra, faz dengo. Então, Walter, encantado, né, põe, com cuidado, aquela mãozona com carinho em cima dele. Tonico se aninha, aconchega-se. Ah! Não! Nenhuma mulher fez pelo Walter o que o Toniquinho faz. Chega, né?

Toniquinho late igualzinho ao nosso cachorrinho que então começa a gemer igual ao gatinho, e então os dois começam a brincar, como crianças. E quando meu netinho Otto chegar perto?

Meu professor de informática, o Edson, que é mórmon, tem uma relação interessantíssima com o Tonico. Ele chega, cumprimenta o amigo (diz que é cumprimento mórmon, mesmo). Fala, fala. Diz ele que o Tonico responde tudo. É, vai ver que o Tonico é mórmon também, ou virou. Vai saber.

O pior é que história de papagaio não tem fim. A melhor que conheço é a da prima Sonia, num parque. Tinha fila para ver o papagaio dar o pé. "Dá o pé, Louro". E ele dava. Chegou a vez da Sonia. Foi lá e disse: "Dá o pé, Louro!". Ele respondeu: "Não dou!". Nosso Toniquinho apaixonante que não saiba disso! Nunca!

Ai! Que traição! Que culpa! Nunca mais conto essa história do outro que, claro, foi TREINADO para dizer isso, aquele ínfimo profissional (já deve estar na Globo, sem dúvida). Esse ínfimo tem preço: o meu não. "Shiuuuu!!! Silêncio sobre o nosso... Agora é nooooosso mesmo, Tonico, segredo de vocês também. E ele não é nada dessa coisa de "Louro", não! Que generalização! Que desqualificação! Me deixa ofendidíssima! Ele é o Tonico. E, quando tem muita gente, ele fica mudo, no fundo da gaiola. Daí, quando vão embora, ele grita: "TCHAAAAAAAUUUUUUUU!". Pronto, foi tudo!

Não sobrou nenhuma pena.

Depois me veio um pensamento modesto do Tonico: "Eu não fui feito para ser exposto na televisão. Eu fui feito para entrar na história".

(pausa)

Paaaaaaaara, Tonico, senão te interno!

Aiiiii, paroooou. Um parêntesis rápido. Quando eu digo: "Para, para, parou", não tem mistério nenhum, não. Não sou médium nem essas coisas misteriosas. Estou apenas me comunicando com minha primeira fonte de criatividade. Meu querido e primeiro terapeuta, doutor Alberto Lyra, beeeem no fim do século passado, me ensinou. Eu ia até a casa dele de ônibus. Looooonge. Ele era parapsicólogo também. E falava muito sobre criatividade.

CRIATIVIDADE
Um dia, na cidade de Espírito Santo do Pinhal – onde meu pai lecionava e fiz o terceiro Normal –, estava na escola, na prova de português, a professora deu tema livre pra desenvolver. Assoprei várias ideias para cada colega de classe. Assoprei, assoprei. As ideias vinham aos montes. Respirei fuuuuundo, dei uma pausa para escrever O MEU tema. Ah! Que extrema felicidade foi aquela! Que jorro! Nunca mais me esqueci. Só esqueci qual era... o MEU tema. Ninguém é perfeito...

Ainda bem que segui a dramaturgia, em que me esbaldo nessa felicidade. Aliás, agora, estou numa idade onde esbaldar é pouco. Eu corro, corro e ninguém me pega, ninguém me pega... PIQUE! Parou... cheguei...

Ainda bem que existe o PIQUE.

Bom... Walter tem absoluta paixão por música, teatro e pintura. É uma das pessoas mais generosas que eu conheço, sem dúvida. Agora, põe ele numa negociação, põe. Aí vem o profissional. Como já disse, a área dele é o mercado financeiro.

Bom, ele ama demais os músicos da bossa nova. Foi, na adolescência, e é eterno fã deles. Ele me apresentou a vários. Um músico da bossa nova foi quem me disse que aquilo tinha sido inventado para que eles, os músicos, pudessem cantarolar, românticos, no ouvido das moças e as seduzirem mais facilmente.

E começou a cantarolar no meu ouvido. Dei-lhe um beijinho na testa dizendo: "Ah, vocês, meninos...". Mas não vou a todos os shows deles a ponto de saber tudo de cor, feito o Walter. O mais chegado talvez seja o Carlinhos Lyra.

Violão, não gosto muito não. Depende do que toca. E uma das coisas mais lindas que vi foi o Caetano cantando aquela maravilha no filme do Almodóvar. Era com o quê? Ou era sem nada? E gosto de viola, de música do sertão. E as letras deslumbrantes do Chico? Ele riu muito daquele "defeitinho" do Vinicius (que o "poetinha" confessou) num programa. Segredo. Achei uma graça. Todo mundo achou encantador. Odete Lara não quis namorar Vinicius, porque ele disse que as muito feias que o perdoassem, mas beleza é fundamental. Ela, uma linda! Mas gravou música com ele. Vinicius era um homem especial e outros elogios mais.

Chico, os primeiros fã-clubes dele eram de menininhas bem-comportadas. Mas o conheci como namorado da atriz Ítala Nandi, musa do Teatro Oficina (as outras eram Célia Helena e Miriam Mehler). Realmente, o Chico tem letras lindíssimas. Agora, *Roda viva*, peça dele, o sucesso foi mesmo a grande direção do Zé Celso, que 10 dias antes não sabia o que fazer. Ele me falou isso, pode ter sido só charme de gênio. E daí baixou o santo. Aliás, baixaram todos os santos e demônios sagrados do teatro da transgressão! "Vem... meu menino vadio." Que música-terna... E o fígado cru no palco e os atores mostrando a língua... E aquele dueto do Chico, das duas mulheres de Mac Navalha, na *Ópera do malandro*, mas nem Brecht conseguiria fazer!

Agora só quero dizer uma bobagenzinha que notei: como Chico e Marieta ficaram mais "soltinhos" depois que se separaram, lá atrás.

Mudando de assunto. Eu e mais três manequins fomos damas de honra do casamento da Maria Stella Splendore com o costureiro Dener. Fomos com vestidos iguais, bordô, corte perfeito, tipo de alfaiataria. O Dener disse que seríamos como quatro poderosas e elegantes velas na frente dos noivos.

E não adianta! O MAIOR cantor é mesmo Agnaldo Rayol. E a melhor criadora, na música, é a Rita Lee.

Quando o precursor da bossa nova, Johnny Alf, morreu, todo músico perguntava para quem ele teria deixado o famoso piano. Pois deixou para Walter Appel. Ninguém entendeu! Mas a sabida Mônica Bergamo, que vai direto à fonte, informou que Walter, no começo da internação do Johnny, assumiu que ficaria tudo por conta dele e que ninguém soubesse. E num bilhete escreveu que, quando ele era diretor cultural da Fundação Getúlio Vargas, todos eram "duros" e que Johnny havia cantado de graça para eles. Agora que ele, Walter, havia melhorado um pouco de vida, estava pagando o cachê.

(ai... pausa grande!)

A vida tem dessas coisas. Até a Mônica ficou mexida, deu pra perceber. Se der tempo, escrevo todos os defeitos do Walter. Começando como ele... Ah! Só se der tempo. No mais, é ótimo.

Mas vou dedurar uma coisa engraçada. Na nossa lua de mel, em 1980, no Pantanal do Mato Grosso, meu marido queria fotografar umas garças lindas, brancas, pousadas em cima das árvores. Como ele demorou muito pra focar, as garças voaram, claro. Ele ficou absolutamente indignado! Ficou muitíííííissimo puto, para falar a verdade. Eu ri demais. Até hoje, quando ele tem uma reação assim, eu digo: "Não adianta, Tu, as garças voam mesmo" (ou seja, não dá para controlar tuuuudo...).

Tu e Tuia é o apelido que a gente se dava. E se dá, ainda. Por causa dos tuiuiús (jaburus) do Pantanal. Hoje, separados, temos uma relação mais que interessante e prazerosa.

Eu fiquei grávida da Camila, usando DIU, lá no Pantanal. Naquele tempo, ter ou não ter filho era uma opção. A Camilinha, já poderosa, se impôs, e eu optei por tê-la, com paixão.

RAÍZES

Minha avó paterna era compositora e meu pai tocava piano desde os 5 anos. Tocou no "cinema mudo". Um dia, ofereci para colocar numa peça, dirigida pelo Marcio Aurélio, uma música que minha avó havia feito, apaixonada, para meu avô. Mas... ninguém soube, ninguém viu. Nem as netas Assumpção foram assistir, nem foram informadas disso. Ficou a homenagem. Marcio Aurélio e eu sabemos... Que música bonita... de amor... né, Marcinho?

A peça foi *Ilustríssimo filho daquela mãe*, onde tentei falar do "homem novo", perdido perante a força da "mulher nova". Foi montada em 2008. Aqui. Depois em Leipzig, Alemanha, onde teve recepção mais que ótima. Eu tenho sorte em Leipzig.

Sobre a minha avó compositora, tenho um disquinho dela, autografado: "Aos meus filhos Salvador, Mariana e Maria oferece sua mãe *Cancianilla d'Almeida Assumpção*. Botucatu, 5-5-1918".

O pai do autor Alcides Nogueira, o respeitado doutor Sebastião, era parente e foi amigo especial do meu pai. Tenho um folheto, um programa de teatro amador da peça *Bodas de ouro*, com o meu pai e o dele, juntos, bem jovenzinhos. Um fazia o mocinho e o outro o vilão. Emprestei o folheto para o Alcides e ele, desgraçado, há anos que peço de volta e... nada. Pois agora achei um escrito do pai dele, o respeitadíssimo intelectual. Mandei um recado para o Alcides: só te dou quando você me devolver o programa!

Meu pai tinha o maior orgulho de ter jantado, um dia, com Procópio Ferreira, aqui em São Paulo. A mãe (ou avó) do Walter, que é de Viena, foi amiga, imagine, da atriz que fez o papel de *Sissi, a imperatriz*. Ou será que não foi da própria Sissi, a imperatriz?!! Chegou, né? Firulas.

Agora, que eu saiba, da família ninguém ajudou a fundar Constantinopla, não. Ninguém vem de Rômulo nem de Remo, nem da nobreza russa ou de outros lugares. Somos daqui mesmo, paulistas, e devemos ter falado muito o tupi-guarani.

Quando o Alcides Nogueira começou no teatro, eu já lá estava. Telmo Martino colocou em sua coluna que assim se iniciava a turma de "Stratford-upon-Botucatu". Botucatu merece, é famosa pelas suas boas escolas e de lá saíram vários bons intelectuais e escritores.

Walter e eu sempre fomos muito amigos também da Kate Lyra, mulher do Carlinhos, e fomos padrinhos do segundo casamento do Carlos com a Magda.

Millôr disse para o Carlos, que eu, feminista, deveria ser sapatona, claro. Ouviu, de volta, uma negativa, que tirou o Millôr do sério. Naquele tempo, chamar alguém de "feminista" gerava controvérsias. Mas eu já era feminista. Aquele negócio de o Millôr dizer que o melhor movimento das mulheres é o dos quadris é bonitinho, mas é um deboche, não é? Ou foi falta de humor de minha parte? Claro que foi falta de humor.

Millôr foi um grande filósofo, como o são todos os grandes humoristas. Porém eu achava, bem lá atrás, que nas páginas que ele escrevia vinha humor "demais", as páginas muito poluídas, frases e desenhos e milhões de cores. Quando você tira a frase, sozinha, é que você vê a importância. Bom, parece que vem vindo coisa aí para rediscutir o humor e a criatividade. É maravilhoso chegar, com saúde, à idade em que temos o prazer de presenciar certas mudanças de paradigma. Que prazer! E se você deu uma ajudazinha, a mínima, nem percebida mesmo, nem por vocêzinha, um suspirozinho que seja, aí você vai para o céu direto, sem a passagem pelo purgatório. Tem alguns, não sou eu quem vai saber quem, que vão mesmo para um acolchoado de cetim, no inferno. E para o limbo.

AI, PARA! PARA! Minha irmã me mata! Minha irmã, tão religiosa! Nunca consegui dialogar com ela, mas havia muito afeto! Agora temos diálogo. Outro dia até brincamos de "pensar junto", coisa que gosto muito de fazer. Mas ela tem respostas religiosas tão absolutamente confortáveis para absolutamente TUDO que, às vezes, dá um desespero!

Minha amiga Renata, então mulher do economista Luciano Coutinho, na minha (nossa) menopausa, disse: "Você não está com saudades de uma bela hemorragia?". Claro que era simbólico, porque de cólicas ninguém tem saudades, não. Mas foi engraçado. Tenho uma foto: ela, Soninha, muitíssimo comunista (foi colega minha na USP), a conceituada economista Maria da

Conceição Tavares e eu, todas de maiô! Eu não tenho o hábito, o vício, de fotografar tudo. Tira o "foco" da emoção, que é com o que eu trabalho. Mas as pessoas me dão as fotos que tiram. E eu as guardo.

Mas aquela vez, uma vezinha só, que fiz mergulho de tubo, pensei que o Walter tinha fotografado. Mas não! Ele fotografou a "bonitinha" ao lado. Safado!

Minha amiga Soninha Bracher, psiquiatra, casada com o banqueiro Fernão Bracher, me mandou um escrito sobre minha peça *Adorável desgraçada* que ela tinha acabado de ver. "Um tratado sobre a inveja", disse ela, citando antiguidades sobre a inveja, como Salieri e Mozart. Perguntei-lhe por que a crítica não colocava isso. Ela falou: "Porque não querem". Depois, não sei quando, a peça estreou, com produção de lá, em Leipzig, na Alemanha, o berço do psicodrama. Bom, a recepção lá foi outra, se bem que aqui não foi ruim, foi boa mesmo, com prêmios e tudo. Claro, cada um vê as coisas de um ângulo, é o que enriquece a arte.

Há não muito tempo, uma amiga foi para "lá fora" falar sobre a obra do Ibsen. Eu também ia para "lá fora", Londres, falar sobre a minhas peças, sobre a obra de Bivar e da turma de 1969. Turma chamada também de Teatro Novo. Achei pouco. Por quê? Por que essa mania de não se dar valor? É claro que falar da gente, em Londres, foi mais importante do que falar de Ibsen "lá fora".

Só mais uma, que me lembro agora. Vou pondo onde der.

Numa festa, na casa da Ruth Escobar, sempre lá, sentei-me no sofá, ao lado do Tancredo Neves. Do outro lado, a encantadora Lu Rodrigues, minha amiga, encantando, então, toda a Editora Abril. Falamos, os três, sobre coisas sérias, também interessantes e deliciosas. Quando acabou (acabou não sei o quê), todos, inclusive jornalistas, perguntaram o que eu havia pedido para o Tancredo. Levei um choque, acreditem. Pensei: "Nossa! Eu devia ter aproveitado e pedido alguma coisa!". Como sou burra, analfabeta ainda, não sei aproveitar as oportunidades como a Ruth! A verdade é que eu não tinha nada para pedir mesmo. Nem a Lu.

Tancredo Neves, eleito presidente indiretamente, em 1985, não chegou a tomar posse. Sofreu dores abdominais, vindo a falecer algum tempo depois, em abril do mesmo ano. De infecção generalizada. José Sarney tomou posse em seu lugar. A morte do Tancredo, a cerimônia do enterro foram comoção nacional.

JOVENS
Todo "muito jovem" que aparece, atira para todos os lados. Tomo um certo cuidado. Pode ser coisa do céu. Mas pode ser que, dependendo do jovem, seja coisa do demônio. Falando em jovem, nada de demônio, lembrei-me do meu primeiro namoradinho, ainda em Botucatu, só de "pegar na mão". Depois meu namorado aqui, um pouco, foi... o Luiz. Hoje, está naquela lista da *Forbes*, absurda de ricos. Que parece coisa do Silvio Santos, aquele do Baú da Felicidade. Vou dar uma pausa porque, daqui a pouco, entrarei em minha última encarnação, da qual não me lembro de nada, graças!

Imagino uma peça, em que uma senhorinha, assim, mais velha do que eu, contrata uma senhorona para cuidar dela.

A senhorona fica com mal de Parkinson e começa a esquecer as coisas. A senhorinha reclama que ela é que tinha o direito de ter tudo aquilo, Parkinson e outras doenças, pois ela é que tinha contratado a outra.

A senhorona fica com Alzheimer e morre. A senhorinha a enterra. Fazer o quê?

Daí a senhorinha contrata outra senhorona para cuidar dela. Acontece a mesma coisa. A outra adoece e tudo igual. Ela enterra e pronto. Fazer o quê?

Termina com a senhorinha indo para um lindo baile de debutantes para contratar uma jovenzinha...

Fim.

Depois, pensei num seriado para a TV Globo, seriado nem um pouco elitista e politicamente incorreto, só com histórias de atendentes, de profissionais, tipo:

Alguém, antes de uma operação cirúrgica:

"Preciso levar atestado de que estou viva?".

(pausa)

Atendente: "Um momento, vou me informar". E voltando: "A senhora tem certeza de que está viva?"

FIM MESMO.

Marta Góes escreveu uma história para a Regina Duarte: *Pequenas autoridades*, que foi exemplar. Uma rancorosa funcionária de escola fecha o portão na cara da menina apenas por UM minuto de atraso, fazendo a moça perder o exame. Valia um "repeteco".

FINZÍSSIMO!

5
REVIRAVOLTA

Não sou saudosista, não, nem um pouco, mas de repente lembrei... O Bellini já morreu! Ai! Meu Deus! Como ele era lindo! Na época, eu, adolescente, não percebi. Mas, com essa idade, as coisas vão mudando. Bellini, o nosso capitão da Copa do Mundo de 1958.

O homem mais lindo que conheci, sem dúvida, foi Bellini. Depois vem, acho que... o José Dirceu, depois o meu irmão e... cada homem lindo que conheci e não percebi! Com tudo o que vivi, eu penso que essa vida deveria mesmo ser apenas um ensaio.

Bellini jogou futebol em São João da Boa Vista com Mauro e meu cunhado, Nenê Martarello, que fazia gol de ponta de chuteira. Aí, encontrei-o numa rua, perto da casa de minha tia Mariliza aqui em São Paulo, onde eu estava hospedada. Acho que 1961. Fomos tomar um lanche, conversamos, conversamos e pronto. Nunca mais.

Sobre futebol, meu cunhado tem uma história transbordante. Minha irmã, por quem ele tinha uma paixão ultraterrena, estava vendo o jogo. Ele se virou pelo avesso para fazer um gol histórico, maravilhoso... para a amada. Claro. Então, ele olhou, orgulhosíssimo, para onde a amada estava... e a amada estava olhando as nuvens no céu, pra lá de Bagdá, voando, do "outro lado" do gol.

Tem explicação? TEM? Eu acho que isso não tem perdão, não. Muito tempo depois ela me falou algo assim: "Ele estava de calção, mostrando as pernas". Era uma vergonha! Ah! É absolutamente surrealista, se eu ponho em peça ninguém vai acreditar! Caraca! Cacete! Não tem outra palavra, não. É o palavrão-arma! E vai ver ele a amava por esse lado mesmo! Caramba!

Walter, anos mais tarde, claro, estava em uma reunião com o Pelé e tentou falar com São João. Ele queria colocar o Pelé em contato com meu cunhado. Não conseguiram comunicação de nenhum jeito. Imagino que meu cunhado teria morrido "no ato" de tanta emoção, não depois. Mas pelo menos Walter conseguiu uma camiseta autografada pelo Pelé para o Nenê Martarello. Foi um arraso. Um pouco mais tarde, meu cunhado morreu. Pelo Walter vejo a suprema importância da história para os apaixonados por futebol. Isto é, quase todo mundo.

Walter, enquanto eu envelheço e tenho aqueles problemas que todo mundo sabe, que botei em peças, ele rejuvenesce. Raios! Não tem cabelo branco (em 2014, quando fiz a primeira redação deste livro, hoje, em 2019, ele está todo grisalho!). Coisa de família. Estou preparada, sim, para um dia olharem pra nós dois... Bom, a hora em que falarem, ele ao meu lado: "Bonito o seu filho". Eu vou responder: "Não, é meu escravo". Foi o que respondeu o ator Benedito Corsi, numa situação análoga, segundo me contou Paulinho de Simone.

Walter e eu nos separamos, como eu disse. Eu pouco saio, escrevo demais e tenho minhas coisas. Ele, voltou à adolescência, moçoilas, namoradas, depois namorada, casos, caso. Mas ele vem muito aqui. Às vezes falo: "Amor, vai para o seu apartamento, vai, Tuzinho?". Daí morro de saudades. Aí, um telefonemazinho só basta.

Voltando...
Aqueles meus amigos gays têm respostas maravilhosas: "Ele é teu filho? Não. É meu sobrinho". O outro gay (famoso) responde: "Sei. Já foi meu sobrinho também". E por aí vai...
Um deles, o Dadá, que eu adorava na minha adolescência de dramaturga (bom isso, embora meio fresco), estava no meu apartamento e o chamei. Estava no chuveiro tomando banho, pelada, claro. Mas ele deu um grito tããão grande!!! Depois disse que nunca tinha visto nada tão... tão... tão. Estava "estupefato!" E só! Foi ele que me mostrou o valor do Elvis Presley liberando o pudor do pênis. Eu havia sido apaixonada por James Dean.
Rose Marie Muraro (a Adão e Eva das feministas) sabe muito bem dessas histórias, mais do que sabe. Por isso a-do-ra-va ficar hospedada no meu apê. Para com isso, Salomé!!!
Isso é jeito de falar. Não estou "recebendo" nenhuma Salomé, não.

Continuemos. A Camila, minha filha, mora perto de mim. Mas não vou toda hora na casa dela, não. Respeito o seu espaço, claro.
Um dia, em sua casa, sentei-me num sofá novo, lindíssimo, muiiiito confortável. Bem... Na hora de me levantar do sofá macio... Geralmente, quando o sofá é muito baixo, me apoio nas duas mãos e subo. Pronto. Mas esse, eu me apoiava e... a mão afundava! Ai, Deus! O que fazer? Pensei em me pôr de joe-

lhos e daí... Não! O joelho dói. Uma pessoa só para ajudar é pior! Pânico! Então Hudson (marido da Camila) e Walter me pegaram, um de cada lado... (puta humilhação para mim) e me fizeram... voar!!! Meu Deus! Que coisa maravilhooooosa! Senti uma coisa nooova, mudando de dimensão mesmo! Eu jamais esperaria isso! Ah, quando eu precisar de acompanhante, não tenham dúvidas, vou querer, se puder, dois homens lindos, assim de 1,90 m, me levando para a estratosfera! Fica aí a ideia para a "nova velhice". Que façam a adaptação, isso não é tarefa minha. Que interessante, né?

Como as coisas mudam com a idade. Sempre achei "homem lindo" uma bobagem, coisa de galã de TV. Uma tia minha dizia assim, bem preconceituosa: "Quem gosta de homem lindo é empregada". Poooode? A filha dela se casou com um homem muito feio, pobre e todos os outros tantos defeitos do mundo. Não sei se foi infeliz para sempre. Mora no interior. Era o esperado, né? Combinava. Mas não sei mesmo. Seria "a vingança das domésticas". Fica aí a ideia.
Licença poética de frescura. Somos todos iguais! Todo mundo deveria estar na lista da *Forbes*!!!

Voltando aos famosos... A tia Cacau chegou a ser famosa porque era primeira-dama de Botucatu e fez amizade com alguns políticos, como o Cunha Bueno. Quando o marido dela, tio Emílio Peduti, não vinha com ela para São Paulo, ela trazia a prima Soninha, a preferida. Então Sônia conta, hoje, que a primeira coisa a ser feita era comprar pizza e comer os pedaços sentada nos bancos do Jardim Trianon. Levei Walter ao apartamento dela no Guarujá para conhecê-la. Quando, descendo os três no elevador para irmos à praia, ela levantou um pouco a saída de praia e perguntou: "Vocês já viram uma senhora com coxas iguais a estas?". Ah! Ah! É claro que custaram a acreditar. Mas esse era o orgulho das Torres. Vi minha mãe fazer isso e minha tia Mariliza.

O COFRE
Tia Cacau era contra os meus "feitos". Manequim, hippie, palavrões nas peças etc. Quando morreu abriram um cofre ao qual só ela tinha acesso. No meio das coisas guardadas a sete chaves havia uma coleção das minhas entrevistas, fotos minhas de manequim, hippie, livros etc... Fiquei tocada. A tia conservadora na verdade escondia uma admiração pela sobrinha transgressora.

Sempre achei muito esquisita uma história de meu tio Emílio Peduti, que era, no momento, prefeito e dono de uma rede estratosférica de cinemas. Quando era pequena ainda, meu tio me deu dinheiro para comprar doces e eu disse: "Não quero, não! Dinheiro de rico parece esmola". (Pausa perplexa de todo o mundo.) Acho impossível ter dito isso com aquela idade! Sempre achei horrível ter preconceito contra o dinheiro e contra os ricos. É claro que devo ter escutado esse politicamente incorretíssimo de alguém. Mas parece que não mesmo. NINGUÉM achava isso. Nem meus pais. Não tinha de quem escutar. Dizem que meu tio era muito altivo, arrogante, o que, para uma criança, deveria ter parecido uma ameaça. Sônia, que o conheceu melhor, e tia Mariliza diziam que não. Porém ele gostava de exalar poder, sim. Bom, ficou a história maledicente sobre mim até hoje. Aliás, hoje não. Hoje sou daquelas coisas diferenciadas que a modéstia me impede de enumerar. E tem muita gente prendada nessa família. Bom, do meu avô, eu tinha era medo mesmo. E ele era um doce. Essas coisas de criança!

Outro dia, uma antepassada que não morreu ainda, disse para a minha irmã que eu... ah! Não sou nada perto do que teria sido a minha mãe. Ah! Aquela barata analfabeta acredita nessa lenda que a gente amadurece; não gostei, não. Minha mãe... MUITO melhor que euzinha, um pequeno cisco... Se bem que a minha mãezinha, ai, 42 anos é cedo demais pra ir embora.

Uma vez, eu pequenininha, desenhei uma pequena coleção de "vestidos para meninas". Acredita que minha mãe mandou a costureira fazer os melhores? Existe estímulo melhor para uma criança? Ficaram lindos! Até hoje tenho inveja de quem tem mãe. Ah! Dor... Não, por aí não! Não estava combinado assim! Meia-volta volver. Chegooooou. Ainda bem que escrevi um livro inteiro pra Camila, no século passado, chamado *Na palma da minha mão*, tentando me comunicar com ela. Dizem que esse conflito de mãe e filha vem da idade da pedra. E daí? Por isso não tem jeito? Caramba! Que absurdo! É doloroso! Claro que tem que ser discutido com muuuuuita seriedade, cacete! (Já falei... palavrão é uma arma. Não se pode desperdiçar.) Eu dei minha contribuição para o conflito mãe e filha.

Não admito aquelas "risadinhas", com relação às dores das mulheres. "É assim mesmo... passa... passa..." A mãe, parindo, com aquela doooor e as risadinhas... "Ah, é assim mesmo..."

E antes da anestesia? E será que hoje tem anestesia mesmo? Fugi do foco, já discuti isso um dia, passoooou, pronto.

Agora sou avó! A Camila é mãe. Viva o BRASIIIIIIIIILLL! A minha amiguinha Marta Suplicy escreveu um artigo excelente sobre esse meu livro e dizia: "Não prestei tanta atenção assim nos meus filhos. Será que perdi alguma coisa?". Claro que perdeu Marta, mas foi uma mãe maravilhosa, com filhos que a adoram (Aí, o prometido: historinhas de amiguinhos interessantes. Depois tem mais.)

Então, para fugir da emoção, fica isso: "Maternidade. Há controvérsias". Mas o Dia das Mães vende, ah, isso vende! E a melhor coisa da maternidade é ser avó!

Minha filha olhando, com amor, os seus filhos! A maior das emoções!

Sou amiga da Marta Suplicy desde os tempos das reuniões pré-feministas, na casa da Ruth Escobar, lá pelos anos 1970. Ela era psicóloga e já tinha um quadro sobre sexo no programa *TV Mulher*, da Globo. Dessas reuniões participavam a antropóloga Ruth Cardoso, mulher do futuro presidente Fernando Henrique Cardoso, Carmen Barroso, Eva Blay, Zulaiê Cobra, Silvia Pimentel, Irede Cardoso e outras poucas. Discutíamos e pregávamos a igualdade "de oportunidades" entre mulheres e homens. E aí elas concluíram que deveriam entrar para a política e começaram a se candidatar.

Mais tarde, em 1981, quando nasceu a Camila, Marta me deu muita força no começo da maternidade. Ela havia estudado em Berkeley. Lá foi mãe do primeiro filho com o senador Eduardo Suplicy. Eles têm três. Não me lembro se foi o cantor Supla. O cantor João é o terceiro. Lá, ela estudava, lavava, passava fraldas, porque não tinha empregada e ainda não havia fraldas descartáveis.

Cabe aqui, me lembrei agora. Estreei com *Fala baixo senão eu grito*. Guarnieri escreveria, logo depois, *Um grito parado no ar*. Consuelo lançou *Caminho de volta*. Guarnieri veio com *Ponto de partida*. Na época, reparei muito bem. Não era ele que "se achava", não. Era ótimo. Foi coisa da extrema esquerda.

Não me lembro direito, mas há um "filho herói" que sempre o herói deixa pra nascer, certo? Pois na última peça ele deixou nascer uma "filhinha mulher". Mas aí já pode ser coisa da minha cabeça. Confesso (ou era peça do Vianninha?).

Consuelo e eu, no começo, competíamos muito. Depois ficamos amicíssimas. O Guarnieri costumava dizer que nós éramos as duas únicas dramaturgas do mundo!

Um dia, quando ela trabalhava em frente ao apartamento onde eu morava, solteira, aquele na rua General Jardim, ela se preparava para um encontro amoroso. Foi me pedir uma calcinha emprestada. Eu lhe dei uma calcinha de renda branca e não achei nada esquisito, porque era contracultura, época dos hippies e nós todos costumávamos ter a maior intimidade. Usávamos as sungas dos nossos namorados e eles nossas calcinhas. Um deleite! Mas a Consuelo nunca foi hippie. Só eu. Ela havia entrado para o Partidão, recém-saída da infância. Porém, segundo me segredou um dia, não havia passado numa espécie de "vestibular" do partido. Consuelo fez Ciências Sociais.

Em um ano, fiz curso de Desenho de Publicidade, com Odetto Guersoni, que me ajudou a entender médio do assunto. Desenho de Modas, com Amalfi. Isso me deu o primeiro emprego, na Madame Boriska, modista, onde eu também fazia vitrines. Etiqueta e manequim com Christine Yufon (pernas deslumbrantes as dela! Até hoje). Com o dinheirinho do primeiro emprego comprei minha pequena máquina Remington. Com ela, eu escrevia na cozinha do pensionato, para não acordar as meninas. Quando o sol nascia eu ia para a varanda.

Meu pai me dizia sempre que era "pra eu me procurar". Mesmo já escrevendo na Remington, eu me procurei mesmo aquele ano todo. Esses cursos eram sempre tão longe! Ia devagar... de ônibus. Fiz também curso de Interpretação e Arte Dramática com Eugênio Kusnet, no Teatro Oficina, em 1965, acho.

Minha tia Cau deu um brinquinho de brilhantes para cada uma das sobrinhas que ia nascendo. Eu fui a única que, num dado momento, vendeu o seu. Para pagar esses vários cursos que eu fazia.

Mais tarde, já dramaturga, quando morei perto da Cidade Universitária, em Alto de Pinheiros, fiz outros vários cursos na USP, como ouvinte; um deles, o de dramaturgia com Renata Pallottini. Fui ouvinte de dramaturgia de Chico de Assis também. Enquanto cuidava da Camilinha, pequenininha.

A minha preferida, Gisele Bündchen, falou em 2014: "Já fui chamada de tudo. Muito feia, muito linda, de tudo". Pensei, desvanecida, na minha terceira idade de agora: "Eu também. A Giselle Bündchen e eu". Guardo umas fotos muito feias minhas feitas depois do problema com meu rosto (detesto). Tive febre herpética. Uma infecção de herpes no cérebro que atrapalhou meu rosto. Tudo isso conto na última peça *Estou louca para chegar na idade do foda-se* ou *Dias de felicidade* (inédita). Essa é uma peça quase autobiográfica. As outras não são. Ah, tem a peça adolescente: *Vejo um vulto na janela, me acudam que eu sou donzela*. Mas lá tem oito mulheres. Todas diferentíssimas. Tudo bem.

Aquelas fotos feias do meu pós-operatório não correspondem ao meu interior de hoje. Mas a maior parte das minhas fotos são lindas, de quando eu era fotogênica.

O teatrólogo Miroel Silveira me falou um dia, na minha juventude entusiasmada: "Leilah, não sei se você é muito ingênua ou muito, muitíssimo, superdotada". Sinto a mesma coisa agora. Não sei se extrapolei na minha extrema sabedoria ou se sou apenas o embrião de uma ameba (também nem sei se coloco isso).

Me veio agora: "Vai ver um tem a ver com o outro".

(pausa)

Tudo bem. Mas conter os dois não deve ser fácil. E por hoje chega, Salomé (essa Salomé me atazana a paz).

Minha irmã, Tamar, a única, muito mais velha que eu, teve na sua "bebezice" um álbum lindo e enorme sobre a chegada dela. Meu irmão, "Nego", o Salvador, o segundo filho, já teve bem menos. Já eu, a caçula, praticamente quase temporona, não tive nada. A filha da Tamar, minha sobrinha Clícia, já psicóloga, me contou que foi olhar de novo o álbum da mãe e, com respeitoso espaço do meio pra frente, viu escrito: "Sou a irmã caçula da Tamar. Meu nome é Leilá. Dizem que sou muito sabida...". E por aí vai a minha começada historinha.

Lembrei-me agora, que coisa esquisitíssima, da primeira coisinha que saiu de mim. Uma musiquinha assim:

Cocorocó!
É assim mesmiiinho que o galo canta,
quando a galiiiinha não faz a jaaanta.

Idade ainda não registrável. Só sei que minhas primas ficaram irritadíssimas. E continua:

A marmita já veeem...
Quem está atrasado é o treeem...

Muito esquisito, mesmo.
Aliás... esquisitíssimo.
Precisa muita coragem pra botar esse estrupício aí...

ESPORTES

Com a Camilinha no basquete, abri para "os outros". Voei nos saltos ornamentais e depois num desenho... pode-se dizer esotérico, meuzinho, de muitos e muitos anos atrás: um bonequinho, recebe pela espinha uma energia cósmica, vai até o seu fundo (psicanálise, "eu inflado?") e volta, fazendo um círculo, que vai se expandindo e daí...

Daí que já é piração demais da conta. Não, tudo tem limite! Uma vez, houve uma reunião aqui em casa com uns portugueses que queriam levar minha peça *Intimidade indecente* para Portugal. Falaram, falaram, falaram. Eu quietinha num canto. Fui completa e absolutamente ignorada. E era a autora do texto. E da casa.

Quem é dramaturgo sabe dessa solidão do dramaturgo.

Aí, pensei: "Nossa! E se de repente eu falo: 'Olha... não... não quero que levem esse meu texto para Portugal, não'". Então, continuei quietinha.

Ontem, estava eu e outros, aqui em casa. Falaram: "Ela, ela. O texto dela". Bom, o "ela", era eu, ali sentada.

Camila, minha filha, falou: "A diretora que vai dirigir a peça está pensando em mudar o texto inteiro".

Gritei:

"O QUEEÊ?!!!, falei: Mudar meu texto IN-TEEEIRO?!?".

Eu sou AUTOR VIVO!!!".

Walter (carinhoso): "É? Você está viva, Tuzinha?".

"SSSSSTOU!!!" (caralho!!!)

Para os altíssimos.
Pergunta: Está frio aí em cima?
Resposta: "Pega no termômetro".
Para os baixíssimos:
"Os melhores perfumes estão nos pequenos frascos".
Baixíssimo, viperino: "E os melhores venenos também".

Eu (para a Camila):
"Camilinha... eu estava na casa da Regina Duarte e liguei para um gravador, em casa, que naquele tempo tinha, que recebia e dava recados. Ouvi o recado: era que o meu exame de gravidez tinha dado... positivo! Que maravilha!

Camila: "Positivo, mãe? Como assim?".
"É QUE VOCÊ JÁ ESTAVA VIVA, FILHA!"

"Eu queria tirar minha pele como se fosse roupa e viver sem dor, em carne-viva." A Camila copiou em inglês, não sei quando... não sei de quem... (e ela não sabe que vi isso agora).

MÃE-NATUREZA

Outro dia minha filha me ligou dizendo que de madrugada havia escutado um zunido de um pernilongo assassino sobrevoando o seu filho. Então, tirou a blusa e se deixou exposta para que o assassino se embebedasse do seu sangue e ficasse zonzo o suficiente para ser facilmente eliminado. "E assim salvei o meu bebê, mamãe."

As palavras não foram exatamente essas... licença poética de mãe. Mas foi isso aí, pronto.

Chegou rápido... Já estou tendo que provar que... estou "viva". Previ isso na minha última peça, mas não pensei que chegasse tão cedo... Setenta e dois, três anos! Só! E as de 80, 90, 100?!! Tenho plano de saúde top-top, afinal minhas peças quase sempre deram certo. Fora as que não deram.

Vejo esse negócio dos planos de saúde na TV e não entendo nada. Mas pago tanto pelo meu! Começo a me sentir culpada porque, talvez, eu não vá morrer no corredor de um hospital. Ou talvez... nem morra mesmo. Sabe-se lá! Devo me sentir culpada mesmo?

Quando o Clodovil exigiu que eu, manequim e não uma atriz, fosse desfilar com as roupas criadas por ele no filme *Anuska, manequim e mulher*, achei que era frescura de costureiro (1968). Vi agora o filme, nossa... Aqueles costureiros de alta-costura, artistas, daquela época, sabiam mesmo das coisas...

Agora que abriu o dique, está vindo uma enxurrada de lembranças que... arre...

Numa aula do curso normal, durante uma prova, peguei a "ovelha negra" da classe e dei-lhe uma função: diretoria de ética. Coitadinha...

Numa outra, num maravilhamento no fundo do mar, só não tirei 11 porque a nota máxima era 10. Tirei 9,5 mesmo, porque falei que baleia era um "peixe grandão". E sereia, o que é?

Numa outra, de português, ainda em Botucatu-upon-Avon, Paulinho Terror só não me deu 11 porque a nota máxima do Terror era 7. Acabou me dando 7, mesmo eu tendo escrito PUXA com x e era com ch (ou escrevi com ch e era com x?). Não sei. Em matemática, não tinha memória boa para decorar, então começava criando os teoremas. Na hora da prova, nunca dava tempo de terminar. Daí, colei os teoremas nas coxas... Na prova com meu pai... ele me recriminou... Que vergonha alada...

Um dia, ele falou que meu raciocínio era "em espiral".

Ah... pequenos e grandes atores e atrizes do teatro, da TV, do cinema! Estou vendo-os na TV agora! Obrigada por tantos anos... tantos... fazendo minha pele... e meu coração se arrepiarem.

A primeira peça de teatro que li na biblioteca do meu irmão, na Era Paleolítica, foi de Bernard Shaw. Li agora que ele é um dos fundadores da London School of Economics, onde a Camila estudou. É esse mesmo ou estou confundindo as bolas?

É interessante o que o fundador fala. Senão for o mesmo, valeu. Não é o mesmo, claro! Que vergonha.

Apreendi, escrevendo novela, que não dá para voltar para trás, não tem tempo. Tem é que ir em frente e consertar, indo em frente... indo em frente... com vergonha ou sem.

Jairo Arco e Flexa me ligou hoje e rememoramos a única novela que escrevi em 1973, em que ele fazia um alto executivo. Numa reunião de diretoria, ele se levantava da mesa; por debaixo do casaco, um saiote de pregas, uma minissaia. A cena ficou ótima. A novela se chamava *Venha ver o sol na estrada*. Na TV Record. A direção era de Antunes Filho (a única novela que ele dirigiu) e a supervisão de Cassiano Gabus Mendes. Tenho uma foto engraçada do último capítulo da novela, num cabeleireiro, eu fazendo as unhas e a manicure... a manicure era... o Cassiano!!!

O nome da minha primeira peça montada *Fala baixo...* surgiu de um teste que fiz com 10 títulos, nas coxias de um programa de Hebe Camargo, onde ia desfilar uma roupa do Dener.
Lá estavam famosos que seriam entrevistados. Este título ganhou longe!
Minha amiguinha Meido (irmã do Isaac Blye) assistiu ao *Fala baixo...*, em Paris, em 1973. Monica Vitti estava na plateia. Mas nada aconteceu. Em 2014, estreou em Leipzig, na Alemanha, com uma crítica que me tocou muito, fiquei contente. Essa peça me deu muita alegria. Desde que estreou é sempre encenada em algum lugar.
Intimidade indecente também.
Relendo isso tudo. É... tive namorados sim... namoricos... casos, porque me casei muito tarde. Está explicado. Ou porque participei da contracultura. Ou porque foi carência de uma jovenzinha órfã de mãe, vinda do interior, meio "narcisinha", sozinha na cidade grande. Pronto.
Seu Bruno, meu jardineirinho, "cara" do Gepeto, me convidando para a festinha dele, de 80 anos (e vendo fotos da minha

primeira juventude). "Dona Leila, como a senhora era bonita!..."

(pausa)

"E agora a senhora é uma maravilha!..."
Não, não existem mais HOMENS como esse.

Nossa!... Caiu um viaduto. Agora! Não, aí na engenharia não pode ter "licença poética", não, como na arte. Os viadutos caem.

ENFERMEIRINHAS
Tenho algumas enfermeiras em casa, cuidando de mim depois de uma operação que fiz. A enfermeirinha Daisy me trouxe uma frase de caminhão: "Não engula suas emoções. Seja feliz! Peide!".

Seu Bruno, meu jardineiro Gepeto, sedutor de 80 anos, me falou agora: "Dona Leila, eu converso com a senhora como se a senhora fosse minha mãe". Ai... Valeu!

O bom de se ter muita vivência, talvez, seja o poder que a pessoa tem de diagnosticar um pouquinho melhor o que é "valor".

Que deslumbramento de sonho tive hoje! Jung iria se esbaldar, nadar de costas, de frente, mergulhar em mortal e meio e rodopiar!

Não sei onde estava meu horizonte. Só sei que, agora, ele deu um salto para mais longe.

Fins da década de 1970

6
VALE O REGISTRO

Gosto muito de terapia e faço desde os 30 anos. Comecei com o doutor Alberto Lyra, como já falei. As terapias que levam a um extremo individualismo não são bem-vindas. Mas têm outras que são necessárias e vitais. No meu caso, como lido com o ser humano no meu trabalho, acho muito importante compreender primeiro este ser humano que sou eu. Questão de responsabilidade. Pode ser que o artista capte as coisas antes mesmo. A gente que pretende ir fundo pensa assim. A responsabilidade, então, é maior porque em teatro lidamos com o ser humano vivo, transpirando, se expondo em cena, desnudando sua alma, o impacto é maior. Mesmo que a audiência seja menor, atingimos por desdobramento.

Os psicólogos, na verdade, não sei se acham isso. Somos "os artistas", os diferentes e pronto. Então, como acredito que precisamos deles, embora a psicologia ainda esteja em Freud e peças gregas (licença poética da terceira idade), a gente procura e, quando acha um, é um achado mesmo! Adoro essa turma!

Sem frescuras, adoro os psicólogos e psiquiatras, sim, e alguns acham a gente meio... um pouquinho especiais, sim... Ora, que bobagem, todo paciente quer ser especial para o seu terapeuta, a verdade é essa! E estou gostando muito da minha nova terapeuta.

Sou dos que acreditam que o importante é a empatia, mais do que a técnica. "Amor cura", sou dessas. Tem gente que critica terapeuta que se envolve com cliente, o que é proibido, porém a empatia é que cura. E quando ela é demais? Não é fácil. Nunca aconteceu comigo mais do que o desejável, mas poderia. Ouso falar uma bobagem em defesa desses que chegam a ir para a cama...

Olha, quando se chega muito perto da alma, é mais fácil ir para a cama. Tem menos perigo.

Com namorado também, e por aí vai.

A NAMORADA DO JUCA CHAVES

Deve ser 1969. Estava no já comentado restaurante da classe teatral, o Gigetto, quando Juca Chaves, acompanhado dos dois filhos da grande Mikel, dona da Vigotex, falou: "Estou namorando uma modelo que não quer que eu cante mais a 'minha' poesia e sim a poesia que ELA FAZ!". Pensei, rindo: "Aiiiii!!! Aí tem coisa".

Era a Bruna Lombardi, claro. E por aí vai.

Consuelo de Castro escreveu: "Quadrados, triângulos, hexágonos etc. Por favor, incluam-me". Foi o que sempre senti. Acho que todas nós, as esquisitas.

Quando manequim, tinha dois fãs que iam à Fenit só para me ver desfilar. Era o que diziam e eu acreditava. O encantador Gonga e o bonito, também, Flávio. Saíamos os três, namorando, puros. Muito tempo depois, cada um tomou seu rumo. Esses arquitetos (mais o Vasco) estão na história de todas nós. Eu saía com o Gonga, no seu carrinho, tooooda chique de manequim. O carro quebrava, lá ia eu para trás ajudá-lo a empurrar o carro.

Também como manequim fui a Campinas desfilar. Um contemporâneo da faculdade, chamado Grama, era o prefeito. Já na passarela, eu o vi numa mesa. Sorri para ele! O prefeito quase desmoronou.

Cacá, lindíssimo e hoje famoso, trabalha com a grife Valentino, casou-se com uma famosa, teve filhos e tudo. Uma vez, nós dois hippies, eu troquei um chinelo que eu trouxe do Marrocos por uma calça de algodão dele. Hahaha!

Ainda como manequim me postava na janela do dramaturgo Bivar, no Rio, roupa e perucas do Dener até o chão, eu o chamava, debaixo de uma árvore, gentil: "Biva-aar...," com voz de posteridade. Ele saía na janela e ficávamos, os dois, fazendo charme. Bivar e eu sempre estivemos em contato, por cartas, a maioria quando ele estava em Londres. Ele é um dos grandes entendedores da contracultura. Tem peças e livros sobre os hippies, punks e todos os movimentos contra a cultura estabelecida. O maior estudioso do assunto é Luiz Carlos Maciel, que dirigiu uma das versões da minha peça *Boca molhada de paixão calada*. Modestamente sobre a contracultura.

No século passado, na praia, durante um *réveillon* de 1967 para 68, tive uma briga com o diretor-mito Zé Celso Martinez Corrêa. Eu lhe disse uma barbaridade (segredo absoluto). Zé Celso me deu um tapa no rosto que me deixou extasiada! Eu tinha conseguido tirar um "movimento espontâneo" do gênio (então misteriosíssimo e tímido). Que tapa bem dado! Estavam também o teatrólogo Fernando Peixoto e sua namorada, que se tornou a cineasta Ana Carolina. Mais tarde, presenciei, silenciosa, a separação do Zé Celso do Kusnet. Zé se despedindo do teórico Stanislavsky (método de representação que o Eugenio Kusnet ensinava), para começar o Novo Oficina. Foi pungente. Me apertou o coração ver o rosto triste do Kusnet já velhinho.

Naquela época eu achava que o Zé Celso e o Renato Borghi tinham um romance clandestino. Que eles não podiam assumir por serem, talvez, do Partidão, que execrava esse tipo de romance. Só valia a luta de classes. O resto... era castigado com o fogo do inferno.

Parece que estou meio zarpando, sem foco. E estou mesmo. É que tem tanta coisa... Aguenta!

Já se fala da "descoberta da criatividade" (coisas sobre a frontalidade), mas por enquanto só para melhorar a eficiência do empregado, pra ele produzir mais. Dinheiro, sempre. Na medicina... usa-se. E por que não na política? E tudo o mais (na minha idade, tenho o direito, finalmente, à insanidade). Por isso adoro dar uma olhada em "pesquisas novas", sempre É lá que estão as coisas. Artista, aqui, bom é de fora. Nós, na verdade, não passamos ainda de saltimbancos, atriz é aquela coisa, não se enganem.

Achei uma cartinha, ontem, do respeitadíssimo crítico literário professor Antonio Candido de Mello e Sousa sobre minha peça *Kuka de Kamaiorá*. Ele diz, assustado: "Não sei se entendi, mas gostei".

Quando estreei, com *Intimidade indecente*, em Munique, uma primeira crítica falou: "Por que ir buscar uma autora sul--americana se aqui temos fulana, beltrana, sicrana etc.?".

Já imaginaram um crítico brasileiro escrevendo isso aqui no Brasil? É impensável. E sou melhor, mesmo, do que aquelas que ela citou (nos conhecemos em festivais internacionais, anos atrás)

Ah, na verdade, nem sei se sou, que bobagem, nunca pensei nisso. Mas era necessário responder assim. Bom, hoje, lá, estreio numa boa e riem e choram nas minhas peças e sempre dizem: "Escreveu debaixo da ditadura etc.". Antes, uma crítica disse para a minha tradutora: "Dario Fo é melhor". Ela se referia ao conhecido dramaturgo italiano. Mandei resposta que não. Eu sou melhor que Dario Fo. Foi também necessário responder assim. Me relacionei muito com a mulher dele em festivais e com ele quando os dois estiveram aqui, via Ruth Escobar. Mas ele é ótimo, tanto que ganhou o prêmio Nobel de Literatura. Ela, a mulher, me pediu para levá-la a uma gafieira e lá fomos nós. Veio um negro altão, desses lindos, tirá-la para dançar. Ela VIBROU e deve estar dançando com ele até hoje. Não, é exagero. Ela morreu.

Mas não tenho, às vezes, modéstia, embora pegue melhor tê-la, porque acho o teatro brasileiro UMA MARAVILHA! E, quando sou humilde, estou sendo SINCERA, porque, na verdade, a gente sabe como acaba tudo.

Aliás, não sabemos, não. Assim o soubéssemos! Sou agnóstica! Morreu... e daí? Às vezes, tenho medo de morrer e não saber para onde ir! Não tenho memória boa para citações, por isso tenho que inventar as minhas. Fazer o quê? Sócrates dizia: "Eu só sei que nada sei!". Eu nem isso sei. Então, na minha idade, vou soltando mais mesmo, vou soltando, acredito mais na antena. Acho que o principal nas minhas peças é a emoção. Depois o humor. Mas antes eu escrevo a estrutura num papel com foco, tese, antítese, vontade, contravontade, herói, protagonista-antagonista etc. Tudo o que aprendi.

Aí, desaguo em cima, como uma chuva.

Tá aí uma das vantagens da velhice: você pode falar absolutamente o que quiser. Aí vão dizer que você começou a caducar, que é a idade e tudo o mais. Ah! Que conforto!

Finalmente decidi escrever do jeito que me dá o maior prazer. Quase sempre esse é o jeito que melhor me comunico com o público.

Sobre estreias lá fora, ainda, a autora Marta Góes, mãe do Antonio e da Maria, cujo pai principal é o Mário Prata – o segundo é o Nirlando Beirão –, estreou a peça sobre a Bishop na Broadway-off-Broadway, com a presença do melhor do teatro americano, como dizem aqui. Dramaturgos do porte de Albee e por aí vai. Saiu a notícia aqui, claro, mas ela poderia ser, por exemplo, capa de *Caras*. Já pensaram? Sempre adorei sair na *Caras*, porque o meu cabeleireiro lê inteira, com aquelas confissões que ajudam as pessoas. Mas o "olha só como sou feliz!". Principalmente na maternidade!!! Ah, NÃO DÁ. Bom, isso é piadinha minha e essa não é a da Góes, considerada muito tímida, mas eu não acredito. ... Bom, ela me disse: "Leilah, não adianta, a verdade é que eles, lá, não têm O MENOR interesse na gente aqui". Não é mesmo uma safada? Bom... que mais? Comédia AINDA é considerada um gênero menor. Essas só para fazer rir e encher os bolsos, não há Cristo que aguente. Embora tenham todo o direito. Dizem que sou resiliente. Riem e choram porque veio da dor mesmo, o que dá um conforto. Mas a primeira reação do público é SEMPRE a risada. E tem coisa que é defesa... ah, tem gente para teorizar.

Agora, todo grande humorista é um filósofo... será que já estão respeitando isso? O livro do Henri Bergson, *O riso,* os iniciados leram muito, nas antigas. O grande ator-diretor e autor de teatro Fauzi Arap me dizia que eu tinha que ser humilde e dizer que eu era apenas um veículo do Senhor. Eu dizia que não era jogador de futebol e ele ficava puto.

Esse negócio de mediunidade... Acredito que o espiritismo dá um conforto para a pessoa, mas também é moralista DEMAIS da conta. Tudo é *karma*, proibido. Não! Não abro mais a boca porque não sou especialista no assunto e tenho o maior respeito. Mas, enfim, todas as religiões são assim. Só que tem algumas que, antes, rico não entrava no céu, agora, só rico entra. Tem um preço.

Ainda sobre a frontalidade: um espaço na frente do cérebro que, nos criativos, é menor (ou maior). Daí, parece que vem coisa do cérebro todo, na criação e do inconsciente coletivo. Acredito que quanto mais a gente vai indo, e afastando o desconhecido mais para trás, é mais rico. Se começa já como o Fauzi queria...

Eu dizia: "Fauzi, o Zé Celso é Deus. Você é Jesus Cristo. Vocês só me deixariam ser Maria Madalena! Pode até ser, mas... ANTES de se arrepender!".

Eis que toca o telefone e, do lado de lá: "Aqui é Maria Madalena". Ai! Arrepio! Bom, foi engano, aquelas coisas. Mas que arrepia, arrepia. O Fauzi faz falta... E o gênio Zé Celso está aí, um verdadeiro xamã. Eu sempre fui fascinada por tudo o que o Zé Celso representou contra a família, o sistema. Ele é um criador *freak*, que pulsa. Zé Celso é uma verdadeira bomba-relógio.

Ele tem bilhetes meus dizendo, por exemplo, assim: "Você foi minha grande influência. Aí você resolveu fazer a apologia do ânus e eu fiz a apologia da xoxota, pronto!". Ele adorava e dizia: "Um dia, vamos publicar?". Eu, que escrevi sobre a ditadura, não escrevo NADA que não seja publicável, examinável etc. Ficou o "vício".

Certa vez, ele fez a apresentação num programa de minha peça: *Boca molhada de paixão calada,* em 1984; era tanta "boceta" pra lá e pra cá que, de tanto a produção, a divulgação e também o patrocinador insistirem eu tirei essa palavra maravilhosa. Aí, ele me xingou de censora para baixo. Morri de vergonha! Como pude fazer isso? Era o horror da censura e da ditadura! Até hoje morro de vergonha. O Walter foi a favor de publicar sem os cortes. Mas, do jeito que estava antes, o programa não poderia sair, a Censura não iria deixar! A Censura acabou! Será? Que trauma!

Não, nunca fiz parte do Teatro Oficina, sempre fui tiete deles. Quando fazia USP e quando fui manequim. Mas tenho o texto que Zé Celso escreveu, enorme, soberbo e desbocado, para a minha peça. Eu guardo tudo o que merece. É só achar. Vou enquadrar esse texto e colocar na parede. É uma grande obra de arte. Eu, ainda manequim, falava para ele: "Estou escrevendo uma peça que, no fim, a personagem vai até o banheiro e dá uma descarga em tudo! O que acha? Ele dizia: "Tem que me contar inteira, pô". Eu não contava não, não era chegado o momento. Ele sempre dizia: "Você não é um ponto de interrogação. Você é um ponto de exclamação!".

Fui com ele na devolução do prêmio Saci pela classe teatral. Não era da classe ainda. Sei lá o que eu era e ele me explicou o que era essa devolução. É, explicou... Ah! É coisa demais. Bom, nem sei se ele se lembra disso. Cansei desse assunto.

(pausa)

O QUE EU ERA?
Vejamos... Me formei em... 1963?... Daí fiz o curso de Interpretação do Kusnet. Fiz, como atriz, a peça *Vereda da salvação,* do Jorge Andrade, e depois *A ópera dos três vinténs,* do Brecht. Então, fui ser manequim de alta-costura até 1969, quando estreei como autora, o que deu uma reviravolta na minha vida.

Tive a sorte de, na vida, cruzar com algumas pessoas diferenciadas que gostavam de pessoas ponto de exclamação.

O deslumbrante professor Antonio Candido, por exemplo. Fui sua aluna exclamação. É claro que leio muito, mas esqueço tudo, por isso confio mesmo é nesse negócio de frontalidade aí.

Acho que essa historinha vale:

Fiz Pedagogia e, como optativa, escolhi Introdução à Crítica Literária. O professor Antonio Candido mandou me chamar para saber por que eu tinha escolhido aquela disciplina se tinha feito Pedagogia. Falei: "Estou me procurando. Entrei muito nova". Ele me aceitou, meio desconfiado. Então, tive problemas sérios de família e também vi que eu queria era escrever e não fazer crítica. Mas as aulas a que fui, nossa! Como VALERAM! O professor Antonio Candido mandou me chamar de novo. Eu deveria ficar reprovada por faltas. Fui sincera de novo. Entre intrigado e intrigado mesmo, me pediu que escrevesse sobre Pedagogia e Crítica Literária. Escrevi. Não tenho a menor ideia do quê. Só sei que ele me deu 7 (que era o 10 dele, segundo sabíamos). Passei e me formei. Me corrijo em tempo. Sei muito bem o que eu escrevi, sim. E era muito bom.

Fui ser atriz, quase figurante, em *Vereda da salvação*, direção do Antunes Filho (o Antunes tinha sido casado, até há pouco, com a artista plástica Maria Bonomi). Bom, me colocaram num camarim com uma atriz negra, minha amiga. Quando acabou a peça, eu, no camarim, toda suja, vestida de cabocla, com minha companheira afro-brasileira, entram o professor Antonio Candido e Jorge Andrade, o autor.

"Professor Antonio Candido, eu fui sua aluna!!!" Grande susto dele, claro.

Tão surpreso que se enfiou no camarim comigo e a atriz negra. E ficamos um tempo assim, parados, os três, sem saber o que fazer. Paralisados mesmo.

"O que você está fazendo aqui?!", perguntou ele.

"Me procurando, professor, me procurando..." Olha, juro que não me lembro direito do resto.

Jorge Andrade acabou tirando uma fala minha e dando-a para uma atriz de circo. Imaginem se o professor maior não tivesse me dado aquele 7!!! Será que minha vida teria sido diferente? Que pena! Como aluna, nunca cheguei muito perto dele. Ficava longe, sempre.

O professor Antonio Candido escreveu, simpático, sobre o meu livro *Na palma da minha mão*. Coloquei em um quadro a cartinha dele, com aquela letrinha linda... gentil... É aquele livro que escrevi para me comunicar com a Camila adolescente.

Tenho um mooonte de coisas assim, guardadinhas, que, de repente, chega a hora de merecer quadro na parede. Sobre o livro que escrevi para a Camila, o professor Antonio Candido me disse que a Gilda Mello e Souza, sua mulher, tinha se encantado com o livro, porque era mãe e tudo o mais. A Gilda, grande intelectual. E nunca cheguei perto dela! Ela também gostava da minha peça *Kuka*. Enfim, ele falou essas coisas, durante as aulas e eu dei para eles lerem DEPOIS de publicado. Achei que era demais pedir para escreverem a apresentação. Mas guardei tudo, pelo menos isso. Mas que mania de pôr um pé atrás com os considerados acadêmicos.

Meu conceituado professor de Filosofia, Roque Spencer Maciel de Barros, muito amigo da mãe da Marisa Orth, a atriz, pediu aos alunos os trabalhos de fim de ano. Só que eu não aguentava mais estudar *O homem natural*, de Rousseau. E botei Bertrand Russell também. Pra ser mais ética, coloquei na bibliografia: B. R. para ele não me bater. O resultado veio com um enorme: "Não mandei ler Bertrand Russell!". Mas me deu nota 5 e passei, pronto. Na verdade, era aquele momento em que quem estudava demais era considerado cu de ferro pelas amigas.

Cheguei a fazer quase um verdadeiro curso de Ciência Sociais com os livros debaixo da cama no pensionato (sempre: "Introdução à..."), para eles não pensarem que era uma cu de ferro. O professor Roque Spencer descobriu mais tarde, com a mãe da Marisa Orth, que eu era uma aluna exclamação.

NÓS, MODERNAS

A mãe da Mariza Orth, antes de morrer, perguntou para a filha se ela queria fazer primeira comunhão. Não adianta, isso não TEM FIM. É uma loucura... As "modernas" acabam perguntando essas coisas mesmo.

Agora, em Campinas, com o professor Enzo Azzi, minha nota era 10 o ano inteiro.

Eu adorava Filosofia. No começo da carreira de dramaturga, respondia o que se esperava de uma manequim: Que eu lia *Capricho, Grande Hotel* e outras revistinhas de amor. Certo dia, numa entrevista para o *Jornal da Tarde,* eu deixei escapar os nomes mais importantes da história da filosofia, em ordem histórica e tudo. Tinha me formado há pouco tempo, estava tudo fresquinho na minha cabeça! O diretor da Aliança Francesa, onde estava a peça, não me lembro qual, disse que eu, manequim do Dener, era muito, muito louca. Nunca gostei que me chamassem de louca.

Ah, que bobagem, faço terapia, pô. É infantil chegar numa certa idade querendo provar uma série de bobagens. É um desencanto. Ah, não tem importância. Eu me desencanto e depois me encanto. Daí me desencanto de novo. Assim vou indo, vou levando a vida...

Mas me pergunto: Por que, ainda, com esta idade, essa necessidade de me posicionar? Talvez eu divague porque este meu Eu ainda muito jovem, um eu-predicado que ainda não se acostumou a ser sujeito. Está recém-saído do banco do carona, num carro, para assumir o banco da direção. E vejo a mulher moderna, novata, no banco da direção, dirigindo hora muito rápido, hora muito devagar, tropeçando, colocando o GPS. De repente pede socorro ou grita pela sobrevivência. O ser humano "homem" não está sozinho na sua perplexidade.

(pausa)

Mas... essas coisas de jornal... A manchetinha mais interessante que vi sobre teatro foi a do *Jornal da Tarde*: "Finalmente um fracasso". Era sobre uma de minhas peças: *O Segredo da alma de ouro*, a tal da *Kuka de Kamaiorá*, ou *Kuka*, um musical-rock, que ficou só uma semana em cartaz. Eu ri demais. Porque, na verdade, a gente sempre tentava (e tenta) não usar essa palavra feia: "Fracasso". E disfarça o mais que pode. "Dividiu a crítica", "Foi médio". Mas essa NÃO DAVA PRA DISFARÇAR. Por isso, o humor do título, que eu ri muito. Aí, claro, não sou besta. Às vezes sou, e daí? Qual é o problema? Capitalizei em cima do "fracasso". Saí até em página colorida da revista *Manchete*. O mais respeitado intelectual da época falou na TV que eu, sim, podia assumir um fracasso, devido à minha obra, história etc. Acabei gostando de tudo. E as pessoas me mandando pêsames! Aquelas coisas. A história é sobre uma moça que quer ter um filho que NÃO É *del rey* em um reinado onde todas as mulheres só podem ter filhos *del rey*. A moça era feita pela soprano Céline Imbert. O musical *Kuka* foi um salto sem rede, maravilhoso, do Jorge Takla. E produção do Attilio e Gregorio Krammer, aqueles da Larmod. Muitos falavam: só vai ser entendida no futuro.
Só que esse futuro chegou e... nada.
Ah! Ah!
E nada.
Fim.

Claro que teve muitos acontecimentos em torno da ópera-rock, e sempre estão se preparando para esse "futuro", mas mudar o mundo mesmo, ah! ah! Ainda não mudou. E nem vai mudar. Que ilusão a nossa de que podemos mudar o mundo!

Não estou sendo sincera. Eu acredito que cada um de nós veio ao mundo para transformá-lo. Em alguma coisa melhor? Tem quem ajudou nesse quesito. Tem quem não. Eu digo aos meus: "Que sorte se a gente for da turma dos que ajudaram!".

E a *Kuka* foi um momento muito feliz na minha vida. Jorge e Oswaldo Sperandio me pediram uma letra "assim e assim", enquanto ensaiavam a peça. Eu, inspirada, escrevi umas letras liiiindas. Camila, minha filha, havia nascido dentro de um casamento muito bom. Tudo estava bonito na minha vida. E o fracasso não mudou NADA esses dias felizes.

Na verdade, há vários modos de ver as coisas. Quem sabe esse fato não "LIMPOU" o astral de coisas mais importantes? É um conforto pensar assim. Sobre o fracasso da peça. Doeu muito esse fracasso. Mas a verdade é como fui feliz no meio da dor. Essa peça tem uma história compriiiiiiiiida que não tenho paciência e nem é hora de falar disso. Cansei. Vou descansar. Por hoje chega.

Não! Tem uma coisa que eu não ia falar, mas não aguento a MINHA OBSERVAÇÃO! É sobre uma propaganda: "Meias ao alto", com as minhas pernas, só as pernas, daqueles tempos de manequim. A propaganda fez muuuuuito sucesso. O autor Mário Prata já contou. Quando começamos a namorar, eu e o Prata, ele viu a foto da propaganda em minha casa e surtou! Aquelas pernas da foto tinham sido a maior paixão e inspiração de um Pratinha muito jovem, trabalhando num banco. Pernas que agora estavam com ele! Imagine!

Mais tarde, o Walter, que também tinha a mesma história com relação àquelas pernas, orgulhoso, colocou a propaganda num quadro: está lá na parede. "Meias ao alto!" Meias mais compridas por causa da chegada da minissaia. Meias Eternelle. Com botas, revólveres, fumacinha de revólveres e espartilho cancan com ligas prendendo as meias da cintura pra baixo.

Um dia eu passei, olhei e achei que as pernas tinham engrossado... Mais tarde... estavam mais grossas ainda.... É óbvio que é o conceito de belo que vai mudando! Ontem eu olhei e não tenho dúvidas: mais um pouco e elas serão redondas pernas de vedete de teatro rebolado!

Um detalhe engraçado: as novas meias compridas Eternelle ficaram curtas nas minhas pernas! O fotógrafo, então, cortou os pés e grudou as meias nas pernas, lá no fim das botas com fita durex. Ah! Ah! Na produção de moda era muito comum essas coisas acontecerem.

Uma vez, quase adolescente, em Botucatu, haveria um desfile de todas as escolas. Me colocaram para carregar a bandeira. Eu estremeci! Nunca tinha carregado bandeira porque não era a mais bonita e só a mais bonita fazia isso. Só não tive um orgasmo porque ainda não sabia o que era isso. E lá fui eu no desfile, carregando a bandeira! Entramos na avenida Dom Lúcio. Passamos pela casa da minha bisavó, dona Mariquinha Galvão, que havia morrido naquele dia. Foi ela a fundadora da primeira escola de Botucatu, em 1800 e nada. Era parenta próxima do Fernão Dias Paes Leme, entre outras coisas. Minha família inteirinha estava na frente, na calçada. O desfile era em homenagem a ela. Eu estava carregando a bandeira apenas porque era a mais jovem descendente dela.

Ah, que decepção! Então, não era porque eu era a mais bonita, não! Vai ver, por isso, fui ser manequim, vai ver.

LYGIA, A BELA

Não tenho certeza se, lindíssima, até agora na velhice, Lygia Fagundes Telles me disse, um dia, que quando tinha uma entrevista ela se preocupava mesmo era com a foto. É claro que disse! Todo ser humano é assim! Então, me cochichou ao ouvido, qual o último homem que ela havia achado interessante. Segredo mesmo! Tenho uma foto interessante de um almoço em que fui, para Luiz Carlos Prestes, fundador do Partido Comunista, onde estamos "O Velho", Lygia, Aldo Lins e Silva (que tinha nos levado ao almoço) e eu. A foto é do Walter.

INSPIRAÇÕES
Minha peça *Roda cor de roda* começou quando uma amiga manequim que morava comigo num apartamento teve um caso com um homem casado de Belo Horizonte. Ela se levantava cedo, ligava para a mulher dele e ficavam, as duas, hooooooras se xingando. Perguntei-lhe se as duas não tinham percebido ainda que elas é que estavam tendo um caso uma com a outra; o marido havia ficado de lado. Ele acabou vindo a se casar com ela em São Paulo. Hoje já morreram todos.

A *Kuka* começou quando uma amiga foi morar na França, grávida. Tentou, com os médicos, algumas vezes, abortar. O feto resistia. Até que finalmente conseguiram. Foi uma coisa rara de acontecer. Eu fui com ela ao hospital, uma vez, e presenciei esse surrealismo. Depois ela se casou com um francês, tiveram três filhos maravilhosos e absolutamente sadios.

É essa pessoa aqui quem escreve: eu. Estilo meu e memória minha. Mas esse verdadeiro rio que vem, sou obrigada a reconhecer, é muito estranho... esse verdadeiro rio...

MUDANDO DE ASSUNTO
Uma amiga me disse outro dia que quando morrer quer ser cremada e as cinzas jogadas no asfalto em frente ao Cemitério da Consolação para os pneus dos carros passarem em cima. Nossa! Criativo. Mas muito deprê. Essa não é a minha.

Pensei em escrever uma peça sobre um psiquiatra que, de tão sensível que era, quando a paciente se apaixonava por ele,

ele se apaixonava por ela também. Aí, quando ele era obrigado a "curá-la", ele sofria pra caramba! Sofria muito. É isso. Um dia a paixão foi além do normal, devastadora. Então ele resolveu: não iria curá-la. Mergulhou na loucura dela e foram felizes para sempre. (Não vou escrever a peça. Fica aí a ideia.)

A REVOLTA DA SANTA: UMA IDEIA PARA OUTRA PEÇA

Uma mulher morre. Como a vida dela tinha sido mais do que exemplar, decidem fazer dela uma santa. No céu, ela se indigna com isso, revoltada. "Tenho direito à opção." Aquelas coisas. Então, Deus falou que a mulher tinha razão. Perguntou-lhe o que é que ela queria. Qual o seu desejo? Ela disse que queria voltar para a Terra assim, assim, assado e mais assado. Deus realizou o desejo dela. E agora ela está por aí, feliz da vida, cumprindo a sua missão.

(Não vou escrever essa peça. Nem pensar. Iconoclasta demais. Também tenho direito à opção.) O título seria "A revolta da santa". Bom, não é?

Li no jornal, há pouco tempo, que uma pesquisa científica compara esse momento longo do ser humano com momentos longos de animais pré-históricos "em vias de extinção".

Leio, também que o Obama falou que, "apesar de termos o melhor martelo (eles não perdem essa megalomania nunca!), isso não significa que todo problema seja um prego". Ah! É demais! Acho isso histórico!

Sobre família. Acho muito importante como centro de energia. Mas depende da família. A experiência vivida e vista não é das melhores. E as pessoas não percebem que família é um problema sério. Só Nelson Rodrigues. E o psiquiatra Ângelo Gaiarsa.

Alguém, não sei quem mesmo, colocou na minha mesa

várias páginas impressas de um tal de portal Cronoscópio de Literatura Contemporânea Brasileira com matérias sobre essa pessoa, na sua juventude de autora, dizendo coisas do tipo: "O artista é um sismógrafo que registra antes os terremotos" e "Estamos mudando de seres" e outras curiosidades, muitas, muitas outras. Achei interessante. Pode ser que eu tenha nascido fora de época. Alguém me disse isso um dia. Disseram da minha mãe também. Pode ser. Mas hoje acredito que estou dentro da minha época e decidida a ter uma vida normal dentro dela.

Com essas lembranças, observo que desde que cheguei a São Paulo não existe um fato, um só apenas, que não esteja ligado à história. Já pensou a minha cabeça? Não dá pra pôr tuuuudo. Claro, na hora, ninguém percebe. Só Getúlio que falou: "Saio da vida para entrar na história". O lendário jornalista Samuel Wainer é quem gostava de contar. Depois de seu jornal *Última Hora*, a maior paixão de Samuel era o Getúlio (mas, pra mim, o grande amor foi mesmo a Danuza. E a Pink, sua filha). Ele era muito amigo da filha do Getúlio: Alzirinha Vargas. Na época, eu namorava o Samuel. Pois se Getúlio saiu da vida para entrar na história, eu saio da historinha para entrar na vida. (Na da prostituição, não.) Normal, quero ter uma velhice normal. E vou ter.

Que absurdo! Mas ponho aqui. Tem gente que recebe santo. Não é o meu caso. Mas, se receber, não sou só um veículo, como queria o Fauzi. Nós dois somos "cúmplices". Cúmplices! Que gostoso. Contar isso para quem? Quem? Que tenha humor? Não, é um segredo. Segredo secreto. Eu ia pondo "nosso", mas não vou. Afinal coloquei. Pronto.

Quando fico tempos sem escrever e depois volto, me sinto como "se tivesse voltado para casa". É isso. Sinto um aconchego.

Para aliviar: eu tinha um amigo que teve algumas esposas. Sempre que eu telefonava, ele mudando de esposa, eu sabia que tinha uma esposa escutando, na extensão. Pode???

Me lembrei, agora, com carinho, da minha amiga Tony Penteado, já falecida, a primeira a se interessar pelo que eu estava escrevendo para o teatro. Ela namorou Pedro Bandeira, colega de Assunção Hernandes. Depois ela namorou o ator José Wilker.

Como eu frequentava a UEE (União Estadual dos Estudantes) na época do golpe de 1964, na rua Jaceguai, minha família suspeitou que eu havia entrado para o Partido Comunista. Minha prima Lúcia, beleza famosa (prima também da Soninha Bracher), casada com meu primo-irmão Emílio Peduti Filho, de Botucatu-upon-Avon, me defendeu: "Leilah é muito sincera. Se tivesse entrado para o Partido Comunista, teria avisado a família".

Criança, em Botucatu, fiz a princesa da peça: *O casaco encantado*, no Teatro Joel Nelli, ainda no cine Cassino. Sei de cor, até hoje, aquele longo *"Missicofe, missicofe, dari, dari, tira liro"*. Depois, fiz a feiticeira de *A banana que gostava do macaco*.

7
CONFISSÕES

Como disse, sou dramaturga desde os tempos da ditadura. Meu eixo central de escrita tem sido a mulher no social e o conflito da relação homem-mulher. Como mulher era palavrão (aliás, até hoje, embora tenha melhorado muito), tive que ir várias vezes a Brasília para tentar liberar minhas peças. Até me acostumei.

O momento era muito difícil. O jornalista Vladimir Herzog havia sido encontrado enforcado na prisão e a ditadura disse que tinha sido suicídio. A gente sabia que tinha sido assassinato. E nós, da classe teatral, liderados pela Ruth Escobar, redigimos um documento dizendo isso. Assinado pela Ruth, Renata Pallottini e eu. Não sei o que aconteceu com aquele documento. A gente estava acostumada a fazer essas coisas, fazer o que era justo. Já disse que não era ato de coragem, era espontâneo, natural.

Mas, com relação à censura, o humor era outro.

Uma das vezes, um senhorzinho censor implicou com o

doce "brigadeiro" que coloquei numa festa. "Brigadeiro" seria alusão às Forças Armadas da ditadura, disse ele.

Perguntei qual era o doce preferido dele. "Baba de moça", respondeu ele. "Vou trocar 'brigadeiro' por 'baba de moça'; tudo bem?" "Tudo bem", concordou ele, satisfeito. Essas historietas da burrice da censura já deram pé. Bem, dá vontade de desembestar numa biografia de 50 anos de teatro, mas não sei se mereço isso. Tem tanta biografia mais importante, revolucionária, de tortura! Só quero tocar, aqui, nesse absurdo surrealista: "O ser humano". Já falei aqui do ano de 1969 em que estrearam vários autores nacionais. José Vicente, eu, o Bivar veio antes, mas também estreou, Consuelo e Isabel Câmara. Na estreia da Isabel, sentamo-nos, os três anjinhos, debaixo do projetor de *slides*, que era fundamental para o espetáculo. É claro que o refletor queimou. A peça passou... sem refletor! Depois, montada no Rio, fez muito sucesso. Com refletor.

Nossa estreia foi desses estrondos mesmo, ponto. Cada peça nossa que estreava era um acontecimento! Pois acreditem que o respeitável e brilhante dramaturgo Guarnieri escreveu numa revista importante da época (*Realidade*) que nós (Zé Vicente e eu) éramos autores intimistas e que a nossa aparição era porque "eles", do Partidão, tinham deixado escapar e que então "eles" é que tinham que acabar com a gente! Meu colega?! Socorro!!! (Isso sempre aconteceu, mas nós nos assustamos quando é com a gente.) Nós éramos aquilo, sim, o que era um elogio, mas éramos muito mais.

Mas nos porões da ditadura era muito pior. Arre, tenho até pudor de falar dessa coisinha, mas "FERVI". Puta que os pariu!

O mito Guarnieri! Um dia ele cruzou comigo na rua e me pediu desculpas, confessando, honestamente, que só tinha assistido à minha peça *Fala baixo...* "depois" da entrevista. Gostei da honestidade, só que já tinha saído a entrevista, não é? E respingou em certas "escolas". Não é justo. Eu era politizada, sim, ele disse. A personagem era oprimida e explorada, sim. Luta de classes e por aí vai. Mas eu tinha sido manequim do Dener, apesar de ser da USP etc. etc. Bom. Morri de ódio assassino, mas me controlei. Ah, controle! Na verdade, os comunistas extremistas nos chamaram de "alienados", mas os críticos mais importantes nos apoiaram, os estudiosos. Bom, já falei bastante sobre a nossa estreia.

A GERAÇÃO DE 1969 – TEATRO NOVO
Ficou claro que essa geração colocou no palco, de forma dramática, as contradições e todas as repressões de seu tempo. Extrapolamos o EU e a carpintaria da "peça bem-feita". Demos voz aos que não tinham voz, no meu caso à mulher. (Embora até hoje tenha gente que ache que a mulher não pode ter voz.) Foi um ato político, sim. E revolucionário.

Bom, isso aqui não é uma tese. São apenas registros de momentos sinceros.

Mas, voltando, a *Roda cor de roda* continuava mais do que proibidíssima. Terrivelmente proibidíssima! Já contei que a minha Amélia descobre que o marido tem uma amante e transforma a casa num bordel. Fora aquilo a que reduzi a pó o Código Civil Brasileiro da época. O tempo passou...

Até que um dia soube que um novo censor havia chegado a São Paulo: José Vieira. Diziam, secretamente, a mando do Geisel, o presidente, para preparar a abertura.

Vi num vídeo, outro dia, Dias Gomes falando que eles ficavam até amigos de alguns censores. No final, os censores se transformavam e não dava mais para ser amigo.

O novo censor me telefona (susto!), dizendo que tinha ficado absolutamente "impactado" com a minha peça proibida e que estava a fim de liberá-la (mais susto ainda!). Nossa! Para encurtar a história, para surpresa minha, ele era assim um tipo homem mesmo. E "cara de censor" não tinha. Fazer o quê? NÃO fez charme. Mas que teve uma admiração teve, eu percebi... Ah... a gente percebe. Muita juventude! Sabem como é! E, meu Deus, apesar de não chegar aos pés da inteligência, informação e tudo dos meus amigos, ele era mais sensível, sem dúvida! Havia se identificado em algumas coisas da peça. Minha peça só iria ser compreendida mais tarde. Ele liberou a peça e foi "um sucessão", na época! Era a *Roda cor de roda*. Tem disso, caramba! Que homem bom, sensível mesmo! Não, não houve ridicularias, estava acima. Depois ele foi transferido para Brasília e não soube mais nada.

Anos mais tarde, me encontrei com a filha dele (ah, ele fez questão de que ela assistisse à peça, quando estava com 12 anos). Ela me contou que ele havia se separado e casado com outra. E, da última vez, me disseram que ele tinha morrido. Doeu... O duro da vida é que tem uma hora que os amigos (e inimigos) começam a ir... Ah! Tanta coisa que não foi dita! Dói, como dói! O colega Guarnieri, que também já foi, tão idealista! Inteligente! Poxa! Tinha tanto a conversar com ele, aprender, explicar! Caramba! Teatro político. Agora, teatro do ânus, do pinto, da xoxota. O que ele diria? E o inimigo que me compreendeu? Deus os tenha. Não, não tenha, não! Voltem, voltem todos. Vamos conversar! Está doendo! Acabei de ter um *insight*! Voltem, tanta coisa para discutir, brigar. Psiu! Venham cá! Meus queridos conhecidos do Partidão que me telefonaram carinhosos antes de morrer! Que emoção! O autor Paulo Pontes (marido de Bibi Ferreira), Augusto Boal, o grande criador do Teatro do Oprimido, que recebeu uma homenagem pela obra (pela SBAT, Sociedade Brasileira de Autores Teatrais) e me indicou para ser a próxima a recebê-la! E fui. Mil novecentos e não me lembro. Ninguém é perfeito. E fui. Só me lembro que quem orquestrava a premiação era a Lília Cabral, que disse ter começado a carreira numa peça minha: *Seda pura e alfinetadas* (o costureiro Clodovil é personagem principal dessa peça e foi representada por ele mesmo).

Deixei a preguiça de lado e fui agora lá no meu prêmio da SBAT ver a data gravada nele. Ano 2008. Pronto, voltei.

Será que o que eu senti com José Vieira, o censor, não passou de um "complexo de...". Complexo do que mesmo? Que o torturado se encanta com o torturador? Não, não foi esse o caso. Foi apenas questão de "sensibilidade", que você encontra, às vezes, até numa... pedra (é). Mas nos outros, não. Amigos do Partidão! Voltem todos! Eu tive um *insight*, quero discutir, quero brigar, voltem!... Dói, mas tenho a sensação de que fiz tudo certinho, sei lá. Mas que a vida deveria ser apenas um ensaio... Ah, não tenho dúvida nenhuma!

NOTA
Já falei o suficiente que palavrão para mim sempre foi uma arma. No *Fala baixo...*, o ladrão invade o pensionato e ameaça a Mariazinha com um revólver e... palavrões.

Aí, ele percebe que só o palavrão já a desestabiliza. Nunca falei palavrão com meus pais, mas tive que falar depois de ter assistido Plínio Marcos, senão não conseguiria escrever peças.

Na ditadura, alguns escreviam com muitos palavrões para que a censura cortasse todos eles e deixasse a essência. Na *Roda cor de roda*, eu fiz assim também. Eu e o diretor Antonio Abujamra preenchemos a peça com palavras de baixo calão. Para serem cortadas e deixarem o principal.

Momento delicado.

Aí... a peça foi liberada sem cortes. Sem cortes!!! Ficaram palavrões demais!

O que fazer?

(pausa)

Eu, a censurada, não podia cortar os palavrões que ficaram demais!
Tóóóóóóiiiiimmmm...

E assim ela está publicada no meu livro *Onze peças de Leilah Assumpção*. São 11 das minhas peças que foram encenadas. (Encenadas ao todo umas 20 e tantas.)

(pausa)

Que coisa mais estranha... Vai ver era para ela ser feita com muitos palavrões mesmo e piadas, piadas, piadas, para ela ter aquele final impactante que tem.
Na peça: "Muitos palavrões e piadas, mas ali dentro não aconteceu NADA. Não houve TRANSFORMAÇÃO!".
Era muito forte essa fala. Mas se aconteceu "transformação nas personagens"... ah, se aconteceu.
Poxa! Que peça realmente... interessante.
(Eu era contra a saída individual. Pensava na mudança de sistema. Socialismo democrático. Mas era uma coisa só intelectual.)

PERSONAGENS QUE MARCAM
A minha Mariazinha, do *Fala baixo...*, foi inspirada pelas solteironas tristes do pensionato, onde eu, ainda muito jovem, morava. Tinha muitíssima pena delas, uma em especial, a Mariazinha. Desde a minha primeira peça, *Vejo um vulto...*, onde ela era a Mariangélica. Essa peça serviu de exercício para o *Fala*

baixo... Esta última, escrita em um longo dia... noite... dia de novo, até o meio-dia... na cozinha e depois na varanda do pensionato, com a minha pequena Remington, completamente embebedada pela minha Mariazinha. A Marília Pêra me disse que a Mariazinha era uma concha, e que ela, Marília, tinha essa concha dentro dela também, embora tivesse sido até espancada no *Roda vida* pelo Comando de Caça aos Comunistas. Eles haviam invadido o teatro. Mas, quando leu a minha peça, um ano depois, sentiu que continuava a "concha" de *A moreninha*. Só muito, muito mais tarde, fui ver que a personagem da Mariazinha tinha alguma coisa de mim, que eu também tinha uma concha escondida lá dentro.

Eu disse que a geração de 1969 extrapolou o *eu*.

Isso me faz lembrar uma frase da minha peça *Kuka – O segredo da alma de ouro*, de que gosto muito.

Uma dor que foi tão fundo
Que encontrou as dores todas
Um rio subterrâneo
Com todas as dores do mundo

LENITA PERROY

8
VIAGENS DE FAMOSOS

No meu humilde ponto de vista, o melhor seria ir com uma tabuleta escrito "FAMOSO" na frente. Aí: abre-te, Sésamo!

Fiz tantas viagens que não dá pra contar as experiências do jeitinho que eu queria. A Camila fez mais ainda. Foi até a Mongólia, onde se conversa por meio de uma espécie de história em quadrinhos. Bom, isso ela vai escrever, se quiser, nas coisas dela, na autobiografia dela.

A primeirona das viagens que me lembro, eu tinha vindo da Católica de Campinas para a USP, em São Paulo, curso de Pedagogia. Estavam formando um grupo para ir a Porto Alegre. Inscrevi-me e fui. Sozinha no grupo, sem conhecer ninguém. Uma quase "normalista", caindo de paraquedas no ano de 1962, 1963. Essa viagem foi por aí, vésperas do golpe de 1964.

Em todas elas, eu me correspondia com meu pai. Fui conhecendo as pessoas... Chegando lá, a hospedagem era num orfanato e só sei que lá pelas tantas da madrugada escutei a primeira-dama do estado, a sra. Neusa Brizola (a própria), lá embaixo, xingando a gente, sei lá por que, mas sei bem DO QUÊ. Bom, imaginem "com quem" eu deveria estar, em termos de militância, onde e a "data". Só me lembro que na volta muitos estudantes vieram vomitando, passando mal. Tinham comido algo estragado.

E voltei namorando um estudante italiano, que até hoje sei de cor o seu nome inteirinho: Fulano Vergara Chiafarelli, dei duque de Cracco e marquês de Savoqueta e Sevighiano. Uma boa pessoa.

E greves e mais greves.

Os estudantes reivindicavam reformas, depois os operários, as fábricas.

Não, se eu entrar por aí não vai dar para ter muita graça, não. Estou sensível demais hoje. Já escrevi essas coisas em algumas peças que foram montadas e estão editadas. Vamos ver outra coisa mais interessante...

Ah! Na passeata dos estudantes de 1968, o presidente da União Estadual dos Estudantes, José Dirceu, comandava. Como já escreveu, tipo "obra-prima", a autora Consuelo de Castro, a melhor amiga do Zé. Eu vinha vindo de um desfile, ainda era manequim, vestida no estilo Pierre Cardin do cabelo à bota. E, de repente, cruzei com a passeata! (Pausa perplexa.)

Como gritar "Abaixo a ditadura" vestida de Cardin?! Dirceu me conhecia desde lá do pensionato. Tinha namorado uma amiga e me olhava, me olhava... Comandava aquilo tudo e me olhava... vestida de microssaia Cardin... Eu só queria morrer, mais nada! Mas, em vez de morrer, corri até o pensionato, ali perto, para colocar "roupa de passeata". Em São Paulo, a roupa de passeata era tênis, camiseta e jeans surrado. Mas todos eram muito jovens e bonitos! Fui tirar a bota e não é que ela tinha grudado na coxa?!!! É verdade! Acreditem. Eu não preciso mentir para que muita coisa seja inacreditável na minha vida.

Já nasci com essa sina. Depois de muitas tentativas percebi que eu não iria sair a tempo na passeata famosa! Era a famosa passeata de 1968 de São Paulo! Não a dos 100 mil. Essa foi no Rio. Aquela que as estrelas, lindinhas todas, estavam na primeira fila, de saias curtas. Na primeira fila Odete Lara, Leila Diniz, Tônia Carrero, Norma Bengell, Eva Wilma, naquela foto conhecida. A nossa era a nossa, não tão exuberante, e também não era a de Paris, de maio de 1968! As de lá começaram com a rebelião dos estudantes reivindicando coisas. A nossa de São Paulo era a "nossa de 68", a do Zé Dirceu, contra a ditadura! Chorei. De ódio. Por não ter ido à passeata. Bom, o tempo passou e eu sobrevivi. Um dia, a adolescente Sonia Braga me pediu a bota emprestada e lá se foi a famosa bota... para Hollywood? Não sei. Mas para sempre. Ah! Já estava cheirando a borracha antiga mesmo. Foi para o lixo.

Bom, contando as coisas desse jeito, todo mundo sabe que tuuuuudo na vida tem vários lados, é bem mais viável. É mais saboroso.

No meu tempo enorme de carreira de autora, já deu pra contar sem anestesia também.

Falávamos de roupas e me lembrei de outra história.

Um dia, a Ana Clara Schenberg veio almoçar aqui em casa e eu disse à cozinheira que ela era uma grande cientista, filha de um também grande cientista, o físico Mário Schenberg. O primeiro marido da mãe da Ana Clara, a poeta Julieta Bárbara, tinha sido Oswald de Andrade, o da semana de 22. Grande escritor, autor da peça *O rei da vela*. Sim, esse mesmo. A mãe dela está enterrada no jazigo dele no Cemitério da Consolação. No casamento deles o padrinho tinha sido Portinari. Ana havia criado um... um... um bichinho, digamos assim, em laboratório e foi homenageada, no programa do Jô. Quando a Ana chegou de jeans, a minha cozinheira não se conformou! "Mas como

ELA SE VESTE ASSIM? Num jeans velho?! Não é possível!" Eu fiquei até assustada e perguntei "por quê?". A cozinheira falou que ela foi entrevistada pelo Jô, inventou um bichinho, IMAGINE. "Ana tinha que se vestir com pompa! Com muuuuuita pompa! Não pode sair assim vestida 'de pobre, não.'"

E olha que ela conhecia todas as minhas amigas da mídia. E sempre: "Ai, como ela é simples", sobre minhas amigas famosas da mídia. Mas com a Ana Clara não teve perdão.

A Regina Duarte é perdoada de tudo, até de não ter 1,97 m! Essa é *HORS CONCOURS*. Paixão nacional.

O Boni, da Globo, sempre disse (ou o Daniel Filho) que Regina é o Pelé da TV brasileira. Na homenagem que fizeram a ele no Carnaval, Boni, vestido de Chaplin, estava de verdade uma graça! Vou perguntar a Regina Boni se o Boni era assim quando se casou com ela. A Regina teve uma lendária butique, O Dromedário Elegante, que fez roupa para todos os músicos importantes da época. No chamado tropicalismo. Caetano, Gil etc.

Bom, já viajei de estudante, de manequim, de hippie, de dramaturga, de solteira, de casada, de pobre e de rica.

Para facilitar o entendimento:

De estudante e manequim, até 1969, quando estreei como autora.

Aí, viajei de dramaturga e hippie com o Clóvis.

Londres e Marrocos, até 1972. Viagem mais de aventura que as outras.

De 1980 para frente, com Walter, meu companheiro, de novo Marrocos, 2004.

De 1981 para a frente, muitos outros lugares, agora com o Walter (e Camila) já "melhor de vida".

Vamos ver... Bem, viagem a trabalho é sempre a trabalho. Lembro-me agora de que fui assistir a *Fala baixo senão eu gri-*

to, em Cuba, quando ainda era comunista.

Que coisa esquisita! Cuba nunca deixou de ser comunista! É que a gente se acostuma. Que teimosia a de Cuba! Quando você chega lá, EMPACA!

Camila, minha filha, era pequenininha. Walter e eu a levamos, e Camila perguntou onde estavam os pobres. Respondi que lá não tinha. Chegamos em Havana Velha e ela falou: "Ah! Eles ficam empilhados aí nesses prédios velhos, não é?". Na hora da peça, eu me vesti mais do que discreta, claro, mas, mesmo assim, o meu amigo cubano perguntou onde eu ia daquele jeito. O ator de lá era excelente e depois fez uma boa carreira em Hollywood.

Nos passeios de barco, de navio, em Cuba, a Camilinha se atirava livre no mar feito uma passarinha, feliiiiz! As pessoas se admiravam.

Também fui com a Camila, só nos duas, a Cancun. Cozumel, que beleza... O paraíso dos mergulhadores! Mas nós não mergulhamos de tubo, não. Só *snorkel*. O mar do Caribe é transparente como uma esmeralda e lindo de morrer.

Com Walter.

Fui à Alemanha, durante o Muro de Berlim e depois do muro. Tenho foto com Walter na frente do Muro. Fui à linda Praga, ainda comunista, e entrei numa fila para comprar joiazinhas de granada. Todo mundo só estava comprando liquidificadores, pneus. Fiquei com vergonha e comprei só duas joiazinhas. Depois, voltei a Praga não comunista.

VIAGEM EM FAMÍLIA COM WALTER E CAMILA

Para esquiar em Aspen, várias vezes. Nunca consegui chegar na faixa preta, faixa de grande esquiador. Mas cheguei na azul, que considerei ótima para quem começou tão tarde.

Tem momentos que é estimulante tentar superar os seus limites. E tem horas que é uma bênção relaxar no espaço deles.

Aspen é ideal para principiantes, só não esquia quem não quer. Lá estávamos nós, os queridos Silvio e Malu Bresser Pereira com as filhas, Helena e Lu, amigas de infância da Camila, Pérsio (o economista) e Suzi Arida com suas filhinhas lindinhas e muitos outros. As mesmas pessoas que frequentavam Camburizinho, praia aqui de São Paulo. Quando escrevi o livro para me comunicar com a Camila, o Pérsio me contou que uma das filhinhas cobrou dele por que ele não havia escrito um livro pra ela, filha também.

Rompi o ligamento do joelho direito esquiando. Doeeeeu! Fui muito bem-cuidada, lá em Aspen. Depois aqui em São Paulo. Daí o ligamento grudou. O médico disse que grudou porque eu era muito jovem e aí o organismo reagiu. Logo depois, ele disse que havia grudado feito uma meleca porque eu já estava muito passada da idade. O doutor Amattuzi falou. Hoje o joelho está ótimo, com Pilates.

Walter, Camila e eu fizemos toda a viagem de São Francisco para Los Angeles de carro, pelo Pacífico, eu com a perna engessada pelo rompimento do ligamento em Aspen. Nem liguei. Essa viagem foi maravilhosa! Em São Francisco fomos visitar a Ruth Escobar, que então vivia lá. E em Los Angeles almoçamos com Bruna Lombardi e Riccelli, também morando na cidade.

Pode parecer que só conheci gente famosa. Que bobagem. Nós todos começamos juntos, há quase 50 anos, quando ninguém era famoso ainda. Alguns de nós demos certo. Somos sobreviventes.

Parece que "à angústia de ter que dar certo" foi o preço que tivemos que pagar para a sobrevivência.

Uma vez assisti a um filme de contracultura com a Barbra Streisand, onde ela dava uma festa para o filho, comemorando o ÚLTIMO LUGAR que ele havia conseguido num torneio de tênis.

Walter, Camila e eu, novamente, viagem marcante foi também a Istambul. A Camila adolescente, entrando, toda longuinha e bronzeada das ilhas gregas, no famoso Mercado de Istambul!!! "*She is a model. She is a model*", diziam. Não sei "o que" não foi oferecido ao Walter em troca da Camila. E o Bósforo? Nós três hospedados naquele hotel que antes havia sido um palácio (o Ciragan) com a sacada de frente para o estreito de Bósforo. De um lado a Europa, do outro a Ásia.

De um lado a Europa.
Do outro a Ásia.
Ahhhhh...
Parou...
Não sei o que "parou".
Mas parou.

ESTE MEU LIVRO
Estou tentando fazer com que essa *ego trip* não seja uma *bad trip* e se transforme numa agradável *our trip*. Senão não tem a menor graça.

Mas *the big trip*, a maior viagem para as mulheres da minha geração, foi mesmo aquela de voar do "banco do carona", num carro, para o "banco da direção".

Lá atrás, as primeiras grandes viagens. Com Clóvis, 1970.

Antes do Walter, milênios atrás, 1970, quando ganhamos o Molière, meu namorado era o Clóvis Bueno, também já disse. Quando ele e eu chegamos ao Aeroporto de Viracopos, ele vestido de hippie, pioneiro, com aquele tipo assim meio marroquino – e eu, discretíssima. Pois nem mexeram nele. Fui obrigada quase a me despir inteira, fui examinada até as botas! (De novo, botas.) Durante a ditadura era assim. A ditadura eu vivenciei com o Clóvis.

UM PARÊNTESIS. UM OUTRO PONTO DE VISTA SOBRE AS LUTAS ESTUDANTIS

Nessa época da ditadura, os pais europeus do Walter tinham sido muito ricos, mas quebraram. Walter estava estudando com bolsa que tinha conseguido e trabalhando para sustentar os pais. Não tinha tempo pra mais nada. Tem esse lado: não poder participar da luta política por estar sustentando pessoas. É um lado muito frustrante. E doído. Ou não querer participar mesmo por não concordar. Pode ser uma posição.

Mas o Walter deve ter gostado muito de ser rico, pois voltou a sê-lo... de novo, aí já comigo e com Camilinha.

VOLTANDO, COM CLÓVIS, LONDRES 1970

Antes de Londres nós dois passamos por Paris e, numa praça, cruzamos com o costureiro Pierre Cardin. Conhecemo-nos no Brasil, numa Fenit, apresentados pelo Dener. Cardin e Dener saíam pelos bares da moda, depois dos desfiles, para se divertirem feito crianças. Ele se lembrou de mim, saiu um bom papo e foi agradável (manequim-dramaturga era coisa rara; então, havia saído uma nota no *Paris Match*). Depois, em 1973, estreei com *Parle bas*, em Paris.

Bom, Londres foi aquela coisa desbundante de 1970.

Morávamos num quarto enoooorme, em cima de um restaurante chiquérrimo, em Kensington, acho. Num canto, eu e o Clóvis. No outro, o maestro Paulo Herculano e o namorado dele, que estudava flauta.

Haaaja flauta.

Mas tudo era o maior barato. O Paulo tinha chegado de Paris todo vestido de marrom, bem careta, como o nosso pessoal que estava em Paris. Pintamos o sapato dele de cor-de-rosa e encrespamos o cabelo. Ficou DEMAIS!

E lá íamos nós, bonitos e coloridos, para Portobello Road,

feira de antiguidade famosa. Íamos encontrar com o Bivar, o Serginho Mamberti (cuja casa aqui em São Paulo era a casa da contracultura), o artista plástico Antonio Peticov etc. Este último, aliás, contava que tinha convidado algumas senhoras, fãs do Gil, para visitá-lo no apê dele. E aí o Peticov colocou ácido na Coca-Cola delas. Parece que elas ficaram doidinhas.

Eu e Clóvis nos preparamos para nos iniciar no ácido, compramos onde nos indicaram e fomos para o Hyde Park. Dividimos o que tínhamos comprado ao meio. Parecia chocolate... Engolimos e ...nada. Pois era chocolate mesmo, fomos enganados. Sorte a minha pois se fosse ácido eu estaria viajando até hoje. E sorte de ter tido depois aquela *bad trip* com a maconha brasileira que me afastou das drogas para sempre. Mas para o Clóvis a droga sempre fez bem. Acompanhei a sua primeira "viagem", no mesmo Hyde Park. Ele começou sentindo a textura da sua pele, o sangue correndo nas suas veias, sentou-se no chão feito um bichinho, correu, subiu em árvores, acho que pra cada um é de um jeito. Então começou a sua experiência mística, religiosa.

Nessa época fiz aquele filme sagrado do gênio Jorge Mautner, *O demiurgo*, onde encarno uma Cassandra muito fresca, má atriz, eu mesma, que põe cicuta numa lata de Coca-Cola para o deus Pã, representado por Gilberto Gil. Eu usava uma famosa sandália das lojas Biba, da Maria Helena do Arthur, hoje dona do bar Spot, aqui em São Paulo.

POBRE E RICO
Mas quero contar o que é viajar de pobre e depois de rico.

De pobre, é mais do que sabido. Você tem que provar, antes, que não é um assaltante ou psicopata. De rico, te colocam tapete vermelho desde o aeroporto. E tenho a impressão de que, se você for o maior dos cafajestes, vão dizer: "Que charme!".

Bom, já dormi na estrada, de mochila e tudo o mais. Agora, ADORO hotéis MARAVILHOSOS! Sou tarada. A Camila me puxou. Walter gosta de hotelzinho chiquezinho, discretíssimo, silenciosíssimo, normalmente caríssimo, como na sua infância. Coitada da infância da Camila! Com esses hoteizinhos! Até que um dia ela gritou: "Eu quero ir para hotel de classe média!". Deus. Onde ela aprendeu aquilo? Mas tinha toda a razão, claro. Aí passamos a ir para esses hotéis com gincana para crianças, algazarra, cineminha, pipoca e seja mais o que for. Para suplício do Walter.

Agora quero contar sobre...
MARRAKESH!
Primeiro com Clóvis, 1971.
De hippie pobre. Depois de ter morado em Londres.
Em Marrakesh, fomos muito bem recebidos. Lá, hippie "era do bem".
Achavam que o Clóvis era de lá e eu, americana.
Em Londres, naquele tempo, a gente deixava uma sacola numa parede, voltava no dia seguinte e a sacola estava lá. Ninguém mexia. Acredite quem quiser.
Em Marrakesh, ficamos hospedados numa pousada: Essaouira. Vania Toledo também ficou hospedada lá, mais tarde, nessa mesma pousada, dentro de Medina (é a cidade velha). Os marroquinos ofereceram muito dinheiro em troca da Vania. Ela não se interessou. Acho que hoje ela se arrepende. Eu me lembro que a pousada custava 6 dirhams, a diária. Seis dirhams não eram nada.
Na praça principal de Marrakesh, imensa, havia vários encantadores de serpentes. De repente, um deles, dançando a dança do ventre, em volta da sua serpente, gritou: "Leilah!".

Acreditem. Era meu colega de faculdade e parceiro de dança, em Campinas – o Manolo. Eu tinha esquecido que ele era marroquino. Abraços e beijos. Que alegria! Que encontro!

Aí mesmo, em 1971, queríamos, Clóvis e eu, conhecer um oásis com os homens azuis do Saara. Experimentamos andar de camelo: não dava. Só em filme mesmo. O camelo corcoveia muito.

Então fomos até o oásis... de táxi! Fazer o quê? Né? Já que o camelo corcoveava.

Samuel Wainer me dizia que foi das coisas mais engraçadas que já tinha ouvido. Ele sempre foi gentilíssimo. Chamava meu pai de "intelectual campestre". Sempre gentil.

De novo o deserto do Saara.

Voltemos ao Clóvis, que não era desse estilo gentil. Quando eu dizia que tal coisa era risco de vida, ele repetia que "tudo na vida é um risco de vida".

Bom, nós dois no deserto do Saara. Quando não se via mais Goulumine, famosa cidadezinha do Marrocos, à beira do Saara, chamada "a porta do Saara", a cidade de onde tínhamos saído, e só se via o deserto, o chofer e seu acompanhante resolveram nos assaltar e nos deixaram nus, ali mesmo, nos ameaçaram.

(pausa)

Surrealista, não é?

Mais surrealista ainda é que falei para Clóvis: "Estamos sendo assaltados no meio do Saara". Muito chapado, beeeem "pra lá de Bagdá e de Marrakesh", ele riu muito, encantado e falou:

"Que baraaaaato"...

Bem, só nos safamos porque eu disse (não sei em que língua) que éramos primos do Pelé. Foi o milagre. Nos levaram, com roupa, até o oásis e as crianças gritavam: "Pelé! Pelé!". E foi tudo ótimo. Perguntei para um dos... habitantes do oásis sobre os homens azuis do Saara e ele falou: "*Je suis*". Olhei bem e vi que era de um negro azulado. Trouxemos de Goulumine, como *souvenir*, um fez, vestimenta azul dos marroquinos. E *"the bids from Mauritania"*, que tenho até hoje. Pedras achadas debaixo da areia do deserto, na Mauritânia. Teria sido o dinheiro deles.

AGORA COM O WALTER, MARRAKESH 2004

Minha memória vai agora para essa outra vez que estive em Marrakesh, em 2004, agora de rica, com o Walter melhor de vida. (Não se impressionem que as próximas histórias não são tão picotadas assim.)

Estávamos em Portugal, levando minha peça *Intimidade indecente.* Como só chovia, resolvemos dar um pulo em Marrakesh moderna. Bonita a cidade. Eu a tinha conhecido quase um deserto e agora a transformaram, a mão humana, num belíssimo jardim de rosas. Linda, a cidade jardim de rosas! Claro que quis ficar naquele hotel chiquérrimo de tantas e tantas estrelas, o La Mamounia. Tinha todas as coisas para turista, inclusive a dança do ventre. Dança de turista, justo para mim, que havia visto aquilo no meio das cobras, com meu amigo Manolo. Depois, na ida para a cidade, o guia do hotel fez questão de nos acompanhar, proteger, claro, e é terrorismo pra lá e pra cá. Vê se pode! Terrorismo que não acabava mais! "Cuidado!" E mais: "Toma cuidado!". Pra mim, que tinha até dormido dentro da cidade velha, Medina! Até que eu mandei o guia dar uma volta de camelo pra se acalmar e tchau!

Eu e Walter, então, fomos até a famosa praça de Marrakesh. Examinei a praça e procurei a piscina municipal, da qual tinha boas lembranças. Ela fica bem mais longe da praça do que eu imaginava... E a plataforma de salto, também, é beeeeem menor. Tudo bem.

Agora, um outro salto para atrás, 1971.

O SALTO ORNAMENTAL EM MARRAKESH
Entrei na piscina municipal, da primeira vez, em 1971, junto com umas muçulmanas de véu e tudo. Depois, lá dentro, elas tiraram quase tudo e ficaram de biquíni. E eu também. Subi na plataforma. A última vez que subi numa plataforma era pouco mais que uma adolescente. Fui campeã disso. Tem gente que não cresce mesmo! Quando olhei para baixo, quase morri! Como era loooonge! Quando olhei pra praça de Marrakesh, aí que quase morri mesmo. A praça toda estava parada, me olhando, à espera de que eu (de outro planeta, claro) saltasse. Juro que é verdade!!! O pior é que todo saltador sabe que o salto "tem" que ser "perfeito". Não tem meio-termo. Se não for "perfeito", quebra todo o corpo... E sabe, também, que a escadaria que leva até lá em cima "só tem ida". Vertical absoluta. (É o ponto sem retorno dos aviões.)

SOCORRO! Eu não tinha mais condições de saltar! "O que é que eu faço?! O que é que eu faço?" O pior é que só eu SABIA. SÓ TINHA um caminho. O do salto perfeito. BRRRRrrrrr!!!! Claro que, naquela época, a altura era muito menor do que eu estava vendo... NADA! MENTIRA! É SÓ PRA EU RELAXAR. Agora é tarde! JÁ FOI!!! OITO METROS! Um ABSOLUTO HOR-ROR! Bom, me preparei para a perfeição.

Minha cabeça deletou por dentro. Concentrei. Dei o PRIMEIRO PASSO. Todo saltador sabe que o PRIMEIRO passo é o SALTO INTEIRO, a entrada na água, o primeiro passo É TUDO! O meu primeiro passo tinha sido MEDONHO. Em competição, o atleta tem direito a duas tentativas. Só. Na terceira tem que ir. Fingi que não era nada. Dei mais dois passos e voei!!!

Estou viva até hoje não sei por quê. Porque o salto foi mesmo um horror! A gente sabe! A entrada na água um estupor! Espirrou água por tudo quanto é lado! Achei que os meus dois seios tinham entrado pra dentro. Não entraram. É óbvio que estou me assustando com tudo isso que estou escrevendo! Aaaiii!!! Por que foi que eu saltei? Hoje me pergunto. Prepotência, BURRICE? Achar que eu ainda era aquela adolescente... Exibicionismo? Pra quem? Naquela multidão de marroquinos? Eu não conhecia NENHUM! Acho que foi tudo isso junto... Por isso faço terapia. Eu sou corajosa, sim, mas não irresponsável! JA-MAIS! Camila também é assim. É que as pessoas, na sua grande maioria, são medrosas demais da conta!

Por exemplo, vivi a contracultura e JAMAIS tomei um ácido. Sei o porquê. Num metrô de Londres, encanei, uma vez, tendo fumado maconha brasileira (só fumávamos haxixe misturado com tabaco) que o metrô ia ficar rodando debaixo da terra sem sair nunca. A tal da *bad trip*. Por isso, detesto maconha. Depois dessa *bad*, quando estávamos em grupo, eu fingia que fumava para não ser tachada de careta. Quando soube que o Caetano também não fumava, me senti A GLÓRIA! Quando me ofereciam, eu passei a responder, displicente: "Eu não fumo...". Pro Clóvis deu certo e lá foi ele pela vida afora feliz da vida! (até certo ponto).

P.S.: Claro que eu não fui junto. Claro que não foi tão simples assim. Doeu muito. Ficamos juntos de 1968 a 1972. Longos anos nos quais nós, e nossos amigos, nos viramos pelo avesso. Precisei pedir arrego a mim mesma. Depois, ele me disse que nos Estados Unidos tomou um pico na cabeça que havia lhe dado um orgasmo espiritual que... Ainda bem que não tinha no Brasil, porque não dava pra viver sem. Parece que Jimmy Hendrix morreu assim.

Bem mais tarde, o Clóvis fez uma bela carreira de diretor de arte, inclusive dos filmes do Hector Babenco, *O beijo da mulher aranha*, *Carandiru*... Um dia o Babenco me disse que o Clóvis não se adequava ao "tempo" das pessoas; as pessoas é que tinham que se adequar ao "tempo dele".

Na viagem de ácido não havia só loucura; era uma época de muita pesquisa nesse campo. O Clóvis tinha uma curiosidade, uma procura, uma ânsia que só quem já sentiu sabe. Ele era, na verdade, também um xamã.

Falando em saltos, adoro esporte. Estimulei minha filha a fazer basquete para ela poder ver "o outro". É filha única. Saber o momento de "passar a bola" ou de "bater bola". Só. Walter, na infância, fez esqui na Europa. De saltos, acho uma maravilha você saber, já no primeiro passo, se tudo vai dar certo ou não. No teatro, tinha uma atriz que saltava, mas não cheguei a conhecê-la. Irina Grecco. No mercado financeiro, Walter me explica que há momentos assim também. Fora a análise do momento, você tem intuição. "Prevê." Você "sabe" antes, como no salto. Mas longe de mim! Cheeeega! Longe de mim saber mais coisas! Cheeeega! Já sei muuuuuito mais do que eu pretendia!

FEMINISMO NO MARROCOS
Nessa mesma época, 1970, numa cidade de praia, também no Marrocos, presenciei uma reunião de mulheres, cujo lema era "Abaixo o véu". E elas me segredaram que se cobriam, todas iguais, com roupas brancas que era para... traírem o marido mais fácil...

Por falar em abaixo o véu, uma vez, há muito tempo, Barbara Gancia, que tinha uma coluna na *Folha*, ligou perguntando se eu usava calcinha para dormir. Eu disse que sim e ela ficou escandalizadíssima! Que eu era careta.

DÉCADA DA MULHER NO QUÊNIA. ENCERRAMENTO. 1985
Véus...

No encerramento da ONU da Década da Mulher no Quênia (1985), participei de um debate sobre a castração do clitóris das mulheres muçulmanas. Com elas, americanas e outras. Uma muçulmana, advogada, disse que era circuncisada e que mesmo assim sentia prazer. E que aceitou a circuncisão da filha também. Que isso era da cultura deles e não tínhamos nada a ver com isso. Nossa! Foi aquele auê! "A-que-la" discussão!

Logo depois coloquei isso na minha peça *Lua nua* e ninguém acreditou. Acharam que era coisa só de tribos primitivas. Mas está editado. Hoje, sobre o corte do clitóris, tem até filme.

Escrevo como me vem à cabeça. Marrocos, esporte, depois Saara de novo. Vou deixar espaços e margens para maior entendimento.

Das brasileiras, em Nairóbi, tinha Ruth Escobar, Silvia Pimentel e não sei mais quem. Nesse Congresso, nos reuníamos no grande jardim de uma universidade e, uma vez, tive um visual rasteiro cinematográfico de todas as participantes, andando com seus sapatos absolutamente diversificados. Aqueles sapatinhos das chinesas, as sandálias das africanas, outros e os tênis de internautas das americanas. Imaginei uma tomada longa de um filme. Aquela tomada cinematográfica daria, pelos pés daquelas mulheres, o grau de independência de cada uma. Eu estava hospedada, em Nairóbi, na casa do embaixador Zuza. Estavam lá também Glorinha e José Kalil.

De novo falando em véus... e clitóris. Aqui no Brasil, uma vez, uma amiga, atriz, me contou que tinha tido um caso com uma figura muito importante brasileira e que ele ficava rodando em volta dela, chicoteando o chão e falando: "Gata! [chicote] Onça! [chicote] Pantera! [mais chicote]".

Nossa... que enxurrada!
Chega?
Não. Tem mais.
Porque vivi experiências muitíssimo dolorosas também.

DOR
Em Londres, 1970, tínhamos um amiguinho, fotógrafo excelente, lindo, muito chegado a Helena Ignez e Rogério Sganzerla, o... digamos assim Zezinho. (Helena Ignez foi casada com o cineasta gênio Glauber Rocha.) Mais tarde, aqui em São Paulo, o pai do Zezinho suicidou-se e levou junto o nosso amiguinho. Não queria deixá-lo só (ele era paraplégico). No enterro, todos olhavam para a gente... Que dor... que dor... o Zezinho...

E nas viagens, mais tarde, com o Walter, algumas vezes eu me preocupava com a asma dele. Ele era muito asmático. Quando estava muito fora da civilização, eu ficava atenta. Como nos safáris da África. Mas só algumas vezes, ele sabia se virar. Hoje ele tem a asma controlada. A doutora Ana Lucia cuida dele.

De viagem chata, também, bem mais tarde, me lembro de Boston. Sozinha, numa dessas viagens pelos EUA, a convite deles, andava na rua e ninguém olhava para a minha cara. Nunca, na vida, havia me sentido tão invisível. Me deu saudades da primeira vez em Roma, de alcinhas e jeans, um homem passou e disse, gostando: "*Che bella donna*" ou algo parecido. Dependendo do jeito que falam, se é simpático, é elogio... é muito bom!

Mas se é grotesco, se é abuso: não tem perdão!

Nessa minha última peça escrita agora, um homem praticamente "saboreia" uma moça com os olhos e a boca, como se ela fosse um churrasco, e diz: "Que tesão você me dá, putona".

Ela responde: "Enfia o dedo no cu que passa".

Aí, ela não desperdiçou o palavrão. Foi tiro certo e necessário. Bom, tudo depende "do jeito".

(pausa)

Na Espanha, 1971.
Quando chegamos na Espanha o Clóvis pensou em mandar para a mãe dele, aqui em São Paulo, um daqueles cartões-postais com uma dançarina de flamenco, com saia de babados. Debaixo da saia, iria colocar alguns ácidos escondidos; a mãe nem iria desconfiar. Mas ficou tão nervoso! Não sei se chegou a fazer isso.

Walter, Camila e eu, uma noite fantástica. No Glaciar Perito Moreno ficamos hospedados num hotel solitário em frente à enorme geleira. A geleira era tão grande e firme que de dia todo mundo andava em cima dela. À noite, de madrugada, da enorme janela do quarto do hotel avistamos um vulto branco e gigantesco nos espiando ameaçadoramente. Era a geleira. Nos espiando... Era um deslumbre... Mas parecia pronta para atacar.

VIAGENS COM O CONGRESS INTERNACIONAL
Existe um grupo de advogados, a maior parte de Brasília, que faz viagens de navio, muito agradáveis. Os advogados, primeiro, vão a Paris, fazer um curso na Sorbonne. Nós, os "simpatizantes dos advogados", enquanto isso, percorremos Paris a pé. Que delícia!

Primeiro fomos, eu, minha irmã Tamar, Regina Boni e Ana Clara Schenberg – todas separadas dos maridos – para as ilhas gregas e Egito! Minha irmã ficou deslumbrada com os crepúsculos. Não sabia que existiam crepúsculos mais bonitos do que os de São João da Boa Vista.

No Egito, perto da esfinge, resolvemos andar de camelo. Eu avisei que o camelo corcoveava, mas resolvemos ir. O preço pra subir era muito pouco. A Regina, mais ladina, perguntou o preço para descer. Era dez vezes mais! A Regina, furiosa, quase bateu no cameleiro!

FIORDES DA NORUEGA

Fui, de novo sozinha (mas com o Congress), para os fiordes da Noruega. Que viagem!!! O navio, visto lá de cima, parecia um barquinho percorrendo aqueles que lembravam riozinhos compriiidos, lá embaixo. As ramificações do mar... os fiordes. E as casinhas que surgiam, de vez em quando, escondidas entre árvores, na solidão daquele fim de mundo. Uma beleza. Descemos do navio em Bergen, lá em cima da Noruega. Numa feira popular comi caviar ali, colhido na hora, fresquinho, na mão. Jamais esquecerei. Dá água na boca só de lembrar. Ainda volto lá só para comer caviar fresquinho na mão.

Em 2002, numa outra excursão de navio, também com o Congress, aportamos lá embaixo, na Itália. Todos desceram, pegaram um ônibus para passar o domingo em Roma. Eu já tinha estado lá havia pouco tempo, estava um calor de rachar, cometi a iconoclastia de ficar no navio, no refrigerado e escrevi, à mão, no Mediterrâneo, um pequeno monólogo: "A coisa", sobre a síndrome do pânico (até hoje inédito). Foi muito agradável. Adoro andar de navio!

Já deu pra perceber, não é? Mas gosto de navio grande, com vários andares, tipo hotel 5 estrelas.

Barco grande (mas que na verdade é pequeno), branquinho, eu passava mal, antes daquele mergulho com tubo em que toquei o fundo do mar. E sempre passei bem demais nesses navios grandões que parecem lindos hotéis.

PERPETUAÇÃO

2014. Hoje em dia não somos mais viajantes.

Minha filha mora aqui do lado, muito feliz com o marido e meus netinhos. Acho que foi mesmo o nascimento do Otto que me cutucou para escrever este livro. Eles não têm babá. Fizeram curso e tudo mais. Os dois dão banho, limpam, cuidam, na maior fe-li-ci-da-de do mundo! Bom, não vou mitificar muito, porque não é fácil. Só eles quatro. Ah! E a empregada pra fazer comida. Tudo assim, até quando der.

Parece que já não está dando mais, não. Vão ter que pedir ajuda.

Claro! Tem que ter filho com muuuita ajuda: parentes, babás, vááárias babás, socooorro! SENÃO não DÁ!

Mas na verdade estou deslumbrada!

Mas não senti isso de perpetuação minha, não.

Nem Walter. E Walter é homem. Para quem sabe... isso muda tudo.

A dramaturga Maria Adelaide Amaral diz que se houver futuro ela será lembrada pela obra e não pelos filhos. Uma sábia. Ela estreou lindamente, em 1978, com a peça *Bodas de papel*, enriquecendo a dramaturgia nacional. Depois passou a enriquecer a televisão também. O autor Alcides Nogueira também se deu bem na televisão.

Me lembrei agora de um *Caso especial* sobre Maria Mariana, filha do Domingos de Oliveira. *Caso especial* eram aquelas pequenas peças para televisão, da TV Globo. Tinham muito prestígio. Este era sobre ela, a filha do Domingos, beeem pequenininha. Direção do Ziembinski. Ah... que graça! Eu queria fazer uma sobre o Otto, virando o rostinho, bem decidido, que não quer mais comer messssmo!

Mais tarde, Maria Mariana escreveu o seriado *Confissões de adolescente*, um sucesso!

SER AVÔ E AVÓ
Bicho fica emocionado quando vira avô?

Mas o que me arrepiou foi isso de espécie humana. A palavra "família" foi muito vilipendiada e já escrevi sobre isso. Insisto em que o que temos é um núcleo energético, reforçado agora pelo milagre dos netos. A superdotada amiga, amicíssima de 40 anos, doutora Albertina Duarte, NUNCA deixava essas fotos caretíssimas e cafonas de pessoas da família expostas no seu consultório. Um dia, entro na sala e vejo uma parede inteira enfeitada com a foto de um lindo garoto. Ela, talvez meio sem jeito (não sei), falou:

"É, Leilah! Neto é neto, né?". Se é querida Albertina, "se" é!

Bem. Walter e eu moramos juntos na mesma casa durante 20 anos, quase igual a todo mundo, e foi bom. Sobrevivemos. Não, a maior parte do tempo foi muito bom mesmo. Nos separamos, mas continuamos mais ou menos próximos. Ele vem quase todo dia fazer fisioterapia aqui em casa. Com a nossa querida fisioterapeuta Adriana. Eu tomava antidepressivo por causa da antiga (e sumida) síndrome do pânico, por isso a libido se ressentiu. Pra não dizer... sumiu. Mas tenho "libido" de vida. Foi um encantador e muito sério terapeuta que me falou. Se a libido de sexo voltou, não conte pra ninguém! Não conto, não.

Eu tenho libido! Os maiores picos de alegria e felicidade que tive foram de sexo. De amor. De álcool. De sexo com amor. De chocolate. De maternidade. E de ser avó. De fazer joias. De paixão. De compras...

Picos pra baixo, de infelicidade, esqueci quase todos.

AH! AH! Não é tudo que eu conto, não! Algum dia, quem sabe.

Imaginação mágica

Penso agora num delicioso ritual mágico, ainda com cobertura, penetração e gozo, entrando em outra dimensão...

Ah...

Leilah, formanda no curso de Pedagogia, Universidade de São Paulo, 1963

ARQUIVO PESSOAL

9
MINHA AMIGA LUIZA

Era manequim do Dener, recém-formada na USP. Conheci Luiza através do jovem pintor Claudio Tozzi, em meados de 1966, 1967. Por aí. Formada em Direito e História, declarava-se anarquista. Tínhamos um lado em comum: o da "sagrada futilidade". Ela já advogava. Colocávamos um leve e enorme chapéu na cabeça e passeávamos pela Augusta, no pioneiro carro de capota baixa, branco, adquirido com o suor de seu trabalho.

Eu era simpatizante da esquerda, desde a USP, superlotada de contradições. Todas caídas de paraquedas do interior. Depois, finalmente, a secretíssima dramaturga veio à tona. Meu eu/ego mais fundo surgiu. Meu pai ganhou na loteria e, sabiamente, me deu um apartamento. Minha irmã e meu irmão ganharam um apartamento também. Isso tudo é verdade.

Nessa ocasião, Luiza e eu nos distanciamos. Cruzei com ela um dia e Luiza me disse que havia lido uma carta de um irmão-gênio para outro irmão, também gênio, na Rússia, dizendo: "Nossa irmã Luiza continua do mesmo jeito: fútil e inútil".

(pausa)

Como eu tinha muito estudo (deu pra perceber, né?) e já fazia um pouco de terapia, falei: "Nossa, Luiza, você conhece meu irmão, também gênio e lindérrimo! Às vezes, esses daí esnobam a gente. Cuidado que aí vem coisa! Tem história que já foi contada!". Ela riu e assim ficamos.

Um dia fui visitá-la... quase noitinha e... e... e dou de cara com um célebre delegado da repressão, dentro da casa. (Ela sempre jurou que o delegado nunca havia torturado ninguém, claro.)

Ela havia ido até o Dops tentar trazer o irmão da Rússia e... bom... Gelei! GELEI MESMO!!!!!!!!! Apresentou-nos. Desembestei a elogiar a União Soviética aceleradamente, até chegar uma hora que nem tinha mais elogios e nem achava mais tuuuudo aquilo daquele espaço de esquerda. Superelogiando, eu, autora séria, estava fazendo o que "era correto". E agora ia tomar um táxi para ir embora.

Ele se ofereceu para levar-me. Agradeci. Se fosse com o delegado, imaginei o carro passando debaixo de um poste iluminado e... e... e o DRAMATURGO PLÍNIO MARCOS NOS VENDO SEM ACREDITAR! SOCORRO!

Aí, caiu do céu um amigo e fomos embora juntos! Graças!

(pausa)

Claro que cortei minha amiga Luiza. ELA RECLAMOU. POOODDDDDDDDDE?

Falei tudo o que podia e já nem tinha mais o que falar, quando uma amiga se apaixona por um... por um helicóptero! Bom... ela me mostrou (depois), os desenhos que ele fazia de menino e menina se beijando. Lembrei-me do Goebbels chorando em filme de amor... Deve ser normal... Um dia ela me falou que a coisa que ele mais adorava, mesmo, eram os filhos. Mais tarde, sem "ficarmos de beem" ainda, me ligou pra contar que uns cafajestes tinham ameaçado o carro dela. Ela ligou, não sei de onde, para o delegado. E em quinze minutos os caras estavam levando uns tabefezinhos na delegacia mais próxima. "Ai, resmunguei: cada um tem o super-homem que merece."

"Shazam! Shazam!"

Mas nada aconteceu.

Outro dia, sem ficar "de bem" ainda, ela pediu a uma amiga que fosse na minha casa buscar emprestada uma roupa de baile (de teatro), antiga. Emprestei. Depois soube que tinha ido a uma festa à fantasia com o delegado. Ela de dama antiga, ele de gângster. Pra mim, ela contou. Não me lembro se ela contou isso na entrevista que deu para um livro, quando o caso ficou público. Mas nunca mais emprestei mais nada, não, ora! Nessa entrevista, ela não citou nada de mim. Tenho certeza de que era porque eu não merecia. Graças!!! O Walter riu muito e disse: "Nessa, você passou raspando".

Não contei ainda: O Walter me foi apresentado por amigas comuns, Kate Lyra e Vera Chamma. Ele era um simples diretor de banco, mas pra lá de diferenciadíssimo! Simples diretor de banco para o meu olhar de gente de teatro. Mas não era careta!

Gostei de cara! Ele idem. Logo começamos a namorar. No meu aniversário de 1980, anunciamos que estávamos nos casando. Mal sabíamos que estávamos mesmo.

Voltando ao delegado e a Luiza. Ela ficou muito tempo com câncer, morando sozinha, com uma cuidadora, antes de morrer. E morreu falando do delegado. E o Claudinho Tozzi não me contou nada. Claudio Tozzi, o artista plástico.

Quando meu antigo íntimo Isaac Blye morreu, ele também não me falou nada. (Ô, Claudinho, quando você for morrer, se você for antes, por favor, vê se avisa!)

A Luiza mandou fazer uma casa em Ubatuba, e, quando ficou pronta... toda a varanda dava "pra dentro... pro mato, e não pra praia!" Uma casa de praia de costas para a praia! Acredite quem quiser!

Consuelo de Castro, você que admirava tanto o Niemayer, que o entrevistou para uma peça sua, ele iria adorar saber disso, não é? Uma casa de praia de costas para a praia com vista para o mato.

Bom, Luiza sofreu demais quando o delegado morreu. Me ligou. Queria me contar que tinha ido ao cemitério, de roupa preta, sapatos e bolsa verdes (para quem não entende isso, pergunte a alguém sobre vaidades), que tinha comprado para a ocasião. Devia estar elegante: era alta e interessante. Bonita? Vistosa. Não era uma pessoa boa nem má. Adorava viajar sozinha. Coisa pouco usual na época. Ela me contou que, numa tourada na Espanha, um toureiro ofereceu-lhe a orelha do touro.

Voltando ao cemitério, Luiza levava nos braços um maço de rosas vermelhas e foi pondo no túmulo, uma a uma, vagarosamente. Extrema coincidência: ajoelhada na frente, a mulher dele, absolutamente perplexa. A mulher ousou perguntar: "Você o conhecia?". Luiza respondeu: "Sim". E foi-se embora, vagarosamente...

De relance: o Plínio Marcos me contou, não sei quando, que tinha sido preso com a sempre esposa, muito amada, e uma namoradinha secreta, como era usual ter na época. E que o delegado, na prisão, foi muito digno, pois, sabendo do caso, não usou isso para o interrogatório. Claro que também pensei assim. Mas depois, aprofundando um pouco, cheguei a um absurdo: "Nossa... A cumplicidade machista supera até as ideologias!... E supera mesmo. Imaginei, assim, agora, todos os homens dançando quadrilha e as mulheres fazendo tricô. Nossa...

Nas debutâncias da minha dramaturgia, pensei em escrever "Terezinha, tremendona", uma espiãzinha brasileira, que imaginei a Ítala Nandi pra fazer o papel. Era inspirada nos livretos *Brigitte Montfort, filha de Giselle, a espiã nua que abalou Paris*. Num livrinho, ela chegou a transar até com uma... pantera... ou pantero. Corria que o autor era o David Nasser. Me disseram que o diretor Augusto Boal, do Teatro de Arena, já estava escrevendo uma peça inspirada na Brigitte. Pensei... "Que pena!"

A mulher do Plínio Marcos, mãe de seus filhos, foi a excelente atriz Walderez de Barros. O filho, Leo Lama, também é autor.

Você me contou aquilo lá atrás só pra eu escrever aqui, Luiza? Tá bom, que seja. Só que o espaço é pequeno. E tem tanta coisa dela. Surpreendentes, umas e outras, pura ruindade. Na verdade, Luiza tinha um lado muito, muito mau, que não me interessou muito.

Antes do caso com o delegado, uma amiga foi passar uns dias comigo lá na casa da Luiza. Uma amiga guerreira, politicamente falando. Luiza ia receber um Martinelli. Penso que ela queria se casar com um quatrocentão. Mandou a minha amiga se enfeitar com um "colarzinho".

Minha amiga foi, voltou: o quatrocentão já sentado no sofá, ela vestida com uma calça jeans... e nada em cima(!), os peitinhos à mostra (bonitos) e um "colarzinho".

Luiza o-di-ou e deve estar fazendo macumbas para essa minha amiga até hoje, lá no além.

Ela morreu, minha amiga dos peitinhos, também. Quanta coisa aconteceu!

Outro dia cruzei com um dos irmãos gênios da Luiza. Ele ainda brilha. Claro, foi a irmã dele que teve um romance com o herói, não ele. Respeito muito os dois irmãos. Mas é muito rico (sou dramaturga) ver as coisas e as pessoas de outros ângulos. No meu caso, é vital. A bíblia de Marx era... Shakespeare, um dramaturgo. Ah! Quem sabe foi a dramaturgia que inspirou Marx e Engels sobre a dialética. E não o contrário. Aguenta!

ARQUIVO PESSOAL

10
COLOCANDO UMA CERTA ORDEM

Firulas. Que ordem?

Odeio datas e números, mas sei que é preciso.

Nasci em Botucatu. Morávamos em Tietê. Minha mãe me levou no ventre até Botucatu para que eu nascesse na casa da minha avó-poetisa. Nessa cidade, morava toda a enoooorme família. Eu era a caçulinha, depois de Tamar e Salvadorzinho.

Menininha ainda fui morar em São João da Boa Vista. Pais educadores, tias, avó e bisavó, como já falei, iam e vinham no professorado. O que sei daquela época é a história de minha irmã pequeninha, muito engraçadinha. Isso foi em Tietê. Só ela nascida ainda. A família estava reunida na sala escutando a "fala" de um monsenhor amigo. Minha irmã estava encarada nele, amando o que ouvia. Ela se levantou, foi ao banheiro, voltou com seu peniquinho, abaixou a calcinha e sentou-se. Fez o que queria... "sem tirar o olho arregalado" e apaixonado para o que ele dizia. Ele disse que nunca se sentiu tão homenageado na sua vida inteira. Ela prometia, não é?

Morei em Iaras, sertão paulista, durante um ano. Depois conto. Voltei para Botucatu de novo. Fui à procissão, carreguei andor, comunguei, mas, na verdade, não tive educação religiosa mesmo. Meus pais não eram religiosos. Mas, ambos, antes de morrer disseram que eram espiritualistas. Só. Meu pai sei que se aprofundou mais nisso, mas nada aconteceu. Minhas tias todas eram excelentes educadoras. Uma delas fazia psicodrama na classe, mas, sem querer ofendê-las, gosto de quase todas elas. Meus pais nasceram fora de sua época e minhas tias sabem disso.

Mudamos para São João da Boa Vista, de novo, quando eu era quase adolescente. Minha mãe já tinha morrido. Morei bastante tempo com minha irmã, Tamar.

Ia demais a São Paulo e ficava na casa da tia Mariliza para brincar com a priminha Sonia e sua turma. Fazíamos aqueles "cirquinhos" que todos fizeram. Eu inventava o enredo. Elas representavam. Isso foi Soninha que me lembrou há pouco tempo. Sempre conversamos. Sonia é inteligente. Eu aprendo com ela. Com os menos inteligentes também. Estou sempre apreendendo. Soninha me disse que um dia escrevi uma pecinha na qual ela e a amiga Suzana eram gêmeas. Uma loura e outra morena. Não me lembrava mais, não. Fomos até o Mappin e minha tia comprou, a meu pedido, dois vestidos iguais e bem baratinhos. Aí eu disse: "Pronto, agora vocês são gêmeas". Isso foi no Sumaré. Todo o publiquinho acreditou, claro, que elas eram gêmeas!

Deus, ESSA É A MAGIA DO TEATRO! Não tem nada que pegar parafernálias e outras peripécias que vão surgindo. Essa maquinaria ajuda, mas não tem o SER VIVO, transpirando, pulsando! Tem que estimular a imaginação, a criatividade do próprio público, o sonho. Isso não pode ser atrapalhado, não. O ser vivo. E o que você tem pra dizer, sempre. Saiba ou não.

Tem quem não goste, tem quem goste do amarelo, tem de tudo, mas... vai ver, um dia volto a fazer cirquinho no quintal da minha casa. É!

Gostei de São João. Fiz amizades. Beto Simões, de lá, que também veio para São Paulo fazer teatro, deu um excelente produtor. Outro dia, me homenagearam lá (2013). Fico muito tímida em homenagens. Meu pai é quem sempre foi no meu lugar. Mas essa foi diferente. Deram ao festival de teatro regional o nome de "Leilah Assumpção". Para sempre. Não é lindo?

Quando estreei profissionalmente em teatro, em São Paulo, a família em peso veio assistir. Falaram que adoraram, mas que Botucatu não estava preparada ainda para aquele impacto. A peça pretendia ir para lá. Me senti a Patricia Hearst de Botucatu. Uma riquinha rebelde da história. A mocinha era Marília Pêra, que falei. Outro dia, numa reuniãozinha da Camila e Hudson, me encontrei com Esperança, filha da Marilia Pêra e Nelson Motta. Mostrei-lhe fotos daquele tempo e contei-lhe que acabada a leitura da peça feita pelo Clóvis, Zezé Motta e André Valle, todos que estavam ouvindo não prestaram muita atenção, quase dormiram. Marília levantou-se e disse: "Quando é que eu estreio?!".

Como é importante saber escutar e ler uma peça no viés certo. A atriz Irene Ravache também sabe. Isso é um verdadeiro dom.

Continuando... num Carnaval, em Botucatu, eu ainda menina, queria ir de princesa com vestido vermelho. Me botaram de príncipe e na cor bordô. Sonia apareceu de índia, todiiiiinha de lantejoulas, comprada no Mappin. Isso era chiquééérrimo no interior. Ela ganhou o primeiro lugar e eu o segundo. Rasguei, mas rasguei MESMO minha fantasia.

Soninha e eu ficamos anos sem muito contato. Fui para Campinas, onde fiquei dois anos, e depois para a USP, em São

Paulo. Ela foi para a PUC. Veio a fase de manequim. Na fase hippie fui morar em Londres, fui para o Marrocos etc. Ela casando e tendo filhos, até que um dia... ela resolveu rassssgar a fantasia também, separou e ficamos chegadas de novo!

SUAVES REJEIÇÕES

Durante a vida, fui algumas vezes um pouco ignorada, esnobada, rejeitada, mas não foi o que ficou. Fazer o quê?

Certa vez, morando com minha irmã, meu cunhado e eu brigamos. Ele mandou que eu fosse morar com meu pai. Doeu. Aquele que chuta com a ponta da chuteira. Só agora fiquei sabendo que isso não é elogio. Bem-feito. Bem-feito mesmo.

Depois me pediu desculpas. Mas eu já estava me organizando para morar com meu pai, em Espírito Santo do Pinhal. Era a última chance que teria de ser aluna dele. Foi maravilhoso morar com o meu paizinho, que se dizia pai-mãe. Mas a cidade... era mais atrasada que São João e Botucatu. De Pinhal, me lembro com carinho da minha amiga Edi Abate.

No entanto, foi esse mesmo cunhado que uma noitinha estava ele no quarto com minha irmã e meus dois sobrinhos, ainda criancinhas, brincando de guerra de travesseiros e me falou: "Leilah, isso é que é felicidade".

Na época, achei caretice. Hoje, entendo isso.

Ah... como eu entendo!

Em outra ocasião, a amiga Maria Elvira e eu fomos expulsas do Pensionato Progresso, em Campinas, no segundo ano da faculdade. Isso porque tínhamos aparecido demais nos Jogos Abertos de 1962. Não era o perfil que as religiosas queriam. Maria Elvira tinha sido Miss Campinas, uma beleza de moça! E eu campeã de saltos ornamentais. Aparecemos de maiô num jornal da cidade. Maria Elvira deu de ombros para a expulsão.

Eu estremeci. Mas outras freiras de outros pensionatos sempre gostaram muito de mim. Em São Paulo, no começo, fiquei com as irmãs Carmelitas, na rua Haddock Lobo. Depois fui morar no pensionato da Nádia, na avenida Angélica. Ahhhhh o pensionato da Nádia; finalmente tinha chegado ao céu! Onde fiquei por muitos e muitos anos. Mas, nesse céu... tinha o tal do "levar bolo". A gente disfarçava DEMAIS quando levava bolo do namorado. Eu fiz isso também. Ho-rror! Em bailinhos, nessa juventude, ficávamos disfarçando na toalete, quando se levava "chá de cadeira". Mas essa não era a minha, não. Apesar da altura, eu dançava muito, porque convencia os meninos que dançar com mais alta "era muito chique". Deve ser coisa da minha mãe, claro. E por aí vai... Ah! Qualquer dia, escrevo um livro só com essas coisas. Chamar-se-á "chá de cadeira". Fica aí a ideia. Nossa... que ideia! Claro que o final tem que ser triunfal para as rejeitadas todas!

As pessoas que na minha vida me machucaram... não foram muitas. Mas doeu. Daí, mais tarde, tentei me colocar no lugar delas, tentando compreender por que fizeram aquilo. E compreendi. Nesse instante, consegui perdoá-las. Perdoar é compreender.

Se eu por acaso machuquei alguém, sem perceber, espero que essa pessoa faça esse mesmo movimento que eu fiz.

Mas outro dia me lembrei de uma pessoa... que eu ainda não tinha feito esse movimento benemérito, não!!! Raios!

Voltando, lá atrás, quando minha libido sumiu, a do Walter não sumiu. Além de ele ser cinco anos mais novo, que parecem 10, e carioca. Só os pais são europeus. Nasceu em Copacabana, nos áureos tempos, o danado. Embora a formação tenha sido alemã. Que fazer? Pra não estragar? Não vou contar nada, já disse. Ninguém tem nada a ver com isso! Mas esse pode ser o meu derradeiro escrito (sempre). E a gente tem que se ajudar, pombas! Pra melhorar essas coisas.

Após a separação, no comecinho, ele foi para um apart-hotel e vinha passar o fim de semana com a gente, mas na segunda-feira ele ia embora, feliz da vida, parecendo aluno saindo para o recreio! Eu achava uma graça. Bom, mas E DAÍ? Daí que teve uma hora que eu parei de achar graça.

(pausa)

Isso de família, separações, casais com filhos, sem filhos, esse problema, claro, é tese que muita gente está estudando há muito tempo, mas sempre "pelas bordas". A gente fez "do nosso jeito". Não foi fácil, não, dói, dói pra chuchu. E essa dor, em geral, é um horror. É diferente pro homem e pra mulher. Mas fizemos do jeito que deu. É um tipo de... Ah, deixa pra lá... Cada um faz do seu jeito.

Minha grande amiga doutora Regina Navarro Lins entende, mas não sofreu naaaaada na separação do primeiro marido dela. Quem rejeitou? Na verdade, sabe-se lá, no fundo, quem rejeitou, não é?

Temos que reconhecer que não somos, eternamente, o pico amorável do outro. E nem o outro o nosso. E, no entanto, amamos.

O amor...

Meu primo Zaé Jr., também escritor, me disse um dia uma coisa interessante sobre o amor, que havia escutado: "Quando eu morrer, não quero ir para o céu. Quero ir para onde Mariana está."

Bom, continuando a epopeia, depois de tanta vida e viajâncias, em 1980 encontrei Walter e em 1981 tive a Camilinha, muito feliz e por opção. Mas... não... não estava preparada para essas peripécias, não. Então... fiz como deu, aproveitando minhas variadas e inusitadas experiências, cada um fazendo o que queria, dentro do possível e formando aquele núcleo já falado que na antiguidade era chamado de família. Não foi fácil, não. Porém, a família do jeito tradicional seria praticamente impossível.

Tem gente que tem um casamento de aparência. Hoje, às vezes, eu tenho a impressão de que tenho uma separação de aparência. Bobagem. Frescura.

As pessoas sabem que o Walter vem à tardezinha aqui. Outro dia, toca o telefone, eu atendo:

– Alô?

Pessoa: – Por favor, o Walter está?

Eu: – Não, ele saiu.

Pessoa: – Você sabe onde ele foi?

Eu: – Se eu não me engano, foi levar o pinto dele para passear.

Gosto muito das minhas primas. Uma delas, com a qual me dou bem, é Titiza Nogueira. Ela é filha da prima Rosita e do Braz. Seu avô é o tio Emílio Peduti. A avó é tia Cacau. Hoje, a Titiza é que administra as coisas do lado da família dela. Tem também a prima Silvia, amiga de infância. Infelizmente ela está em coma há muitos anos. Mas cercada de todos os cuidados e por um amor enorme das filhas e amigos. E tem a prima Tânia, a Neneca, a Maria Eliza Galvão, bisneta. É, a família é grande, mas não tem quase ninguém mais em Botucatu.

AGORA, 2019
Completo 50 anos de teatro (!). Vi na TV o jornalista comentando que faz 50 anos que o homem chegou à Lua. Minha irmã me conta que a avó de uma amiga não acreditou no fato. "Tam-

bém, ela já estava oferecendo cafezinho para a televisão!", diz minha irmã. Ri muito.

Lembro-me, agora, do meu sobrinho Norton, adolescente, chamando a mãe, em São João: "Mamãe!... Mamãe!... Venha ver o crepúsculo!". Que lindo! São João é uma cidade famosa pelos seus crepúsculos. Achei bonito o filho chamar a mãe para ver um. Isso em São Paulo? Nem pensar!

Está aqui, no meu museu secretíssimo, a primeira cadeira com estrelinha que o *designer* Carlos Motta fez. Presente de Walter para mim. Reclamei que a cadeira prendia meus cabelos longos. Carlinhos mandou que eu cortasse os cabelos longos. Oras! Aqui só coisa de valor afetivo. E lembranças raras. Minhas botas de Londres, cor biba, bordadas à mão: a gente usava fazer isso. A carta do Monteiro Lobato para a minha mãe...

Tenho também um jardim cercado por um muro grande e com um portão.

Coisas da família do Walter, colocadas em quadros, nas paredes, tenho o maior cuidado. Está parecendo um museu mesmo.

Ainda não falei disso... Importantíssimo!

A pantera, primeira peça da Camila estreou em São Paulo, em 2009.

Camila dramaturga!

ORGULHO DA MÃE!

2012 – Estreia *Véspera*, nova peça da Camila!

Mãe inchada dos fios de cabelos ao dedão do pé!

Camila herdou a queda pela escrita da mãe. A cumplicidade com as palavras. Mas, graças a Deus, ela mexe com os números com a mesma familiaridade que o pai.

Porém ela não tem o humor que a mãe e o pai têm.

Nem pensar.

Ah! Ah!
Ela é uma pessoa séria.
O que me faz ter orgulho de novo.
ARRE!
Agora chega.
Parou...

Gostaria de falar sobre funcionários. Achar que ter funcionário de casa é coisa de dondoca é miopia medieval. Na maternidade precisamos de ajuda. Na velhice, também. Hoje a mulher trabalha fora. O homem também. E esse homem começa a se preocupar com a casa e os filhos. Quando a casa for mais "prática", com máquinas adequadas, como nos EUA, voltaremos a conversar. Quando o Estado colocar mais creches e tudo mais também. Me sinto obrigada a dar explicações. Poooode?

Falando em homem, gosto da minha peça *Ilustríssimo filho da mãe*, de 2008. É sobre o homem moderno, assustado com a nova mulher. Gostaria de vê-la montada aqui de novo. Acho que é mais atual agora. É uma boa peça.

Jorginho, o machão também é sobre o homem. Mas é uma peça adolescente. Quando digo... adolescente... muito jovem... não é que eu era uma menor de idade, não. É que tem coisas que demorei um pouco para perceber mesmo. Ou percebi antes da hora adequada.

Bom, não queriam colocar a palavra *machão* no *Estadão*. A palavra era considerada, na época, 1970, não recomendável. Na montagem do Rio, a Marieta Severo fez, muito bonitinha, a mocinha da peça.

Lembrei-me de um moço que sempre me chamava de senhora, senhora, senhora. Aquilo me irritava, porque não combinava comigo. Um dia falei: "Porra! Caramba! Caralho! E agora? Vai continuar a me chamar de senhora?". Ele ficou, absolutamente, estupefato. Passou a me chamar de "você". Para sempre.

Aproveitando a licença poética dos palavrões... perdoem-me: Gente fina.

O primeiro: Vá à merda!
O segundo: Vá à merda, você!
O primeiro: Vá tomar no cu!
O segundo: Vá à puta que te pariu!
O primeiro: Fui! Fui à puta que me pariu!
O segundo: Eu vou lá buscar você.
Pronto. Acabou. Fim.
Cada um demonstra o afeto do jeito que pode.

(Acho que vou tirar isso. Aí está desperdiçando, esvaziando a força do baixo calão.)

ASSUMKÁO. Assim eu sou chamada lá fora.
Uma vez, num Congresso Internacional de Dramaturgas, no Canadá, na mesa de debates, uma tradutora (acadêmica) estava me traduzindo.
Falei: "Transar'," trepar".
Ela traduziu: "*To make love*".
Eu interrompi, assustada: "*NO! NO! NO! NO! NO! Not to make love! It is: TO FUCK!*".
Fui aplaudida de pé. Uma dramaturga negra, famosa de New York, foi até o microfone e disse: "*You are great, ASSUMKÁO. You are great!*". Arrepiei, feliz!

Fiquei muito satisfeita com o resultado do livro *Onze peças de Leilah Assumpção*. É um livro bonito. E honesto. Achei interessante o livrinho *A consciência da mulher,* de Eliana Pace, sobre esta pessoa. Da Coleção *Aplauso* (Editora da Imprensa Oficial do Estado).

O LIVRO PARA CAMILA
Foi assim.

Ela tinha uns 12-13 anos e tudo o que eu lhe falava ela respondia:

– Desencana, mãe.

Haja...

Comecei então a lhe mandar bilhetes.

Ela nem sequer lia.

Aí, um dia, depois de dezenas de tentativas de comunicação sem respostas, eu comecei a colocar os bilhetes em ordem.

Contei isso a ela.

Nada.

Então falei que ia fazer desses bilhetes para ela um livro, e iria publicá-lo.

De novo... nada.

Escrevi o livro, informei a ela que iria publicá-lo e que todo mundo iria ler. Ficaria muito chato ela, a inspiradora, não ter lido.

Ela teve uma ligeira reação...

Bom, daí para a frente, eu dei o livro para as amigas dela lerem e finalmente para ela!

Leram e fizeram a apreciação do livro, que eu respeitei muito.

Esperei quase dois anos nisso tudo: tempo para a Camila amadurecer e ter senso de humor para ler o livrinho.

A noite de autógrafos foi um sucesso! Todas as amiguinhas dela estavam lá com as mães. E as minhas amigas com as filhinhas. Isso me comoveu muito. A Regina Duarte leu, para o público, algumas partes do livro. O livro virou moda e as mães disseram que a leitura as ajudou muito. (Mas não chegou a ser *best-seller*.)

Alguém me contou. Uma dica para um projeto que você quer demais.

Imagine-se na beira de um lago bem grande. Jogue o seu projeto o mais longe que puder, dentro do lago.

E esqueça.

As ondas circulares provocadas pelo seu projeto, caindo no lago, farão o resto.

Desfilando com criação Dener, 1968

Os avós do pai de Leilah em registro encontrado em um álbum de família, século XIX

Em foto de 1950, cinco gerações de mulheres da família: tia Cacau Torres Peduti, prima Rosita Peduti Nogueira, bisavó Maria Eliza (Mariquinha) Galvão Paes Leme, priminha Nenete Peduti Nogueira e vovó Cymodoceia Galvão da Rocha Torres

Família reunida, nos anos 1940: Salvador de Almeida Assumpção, pai; Antonietta Torres de Almeida Assumpção, mãe, com Leilah em seu colo; seu irmão, Salvador, e a irmã, Tamar

No casamento da prima Helena, o primeiro desfile de sua vida

Tamar, ao centro, ladeada por Salvador e Leilah, década de 1940

Dona Antonietta, mãe de Leilah, década de 1930

Campeã de saltos perfeitos!

Um "anjo" de Leilah nos Jogos Abertos do Interior do Brasil, Campinas, 1961

Feliz da vida!

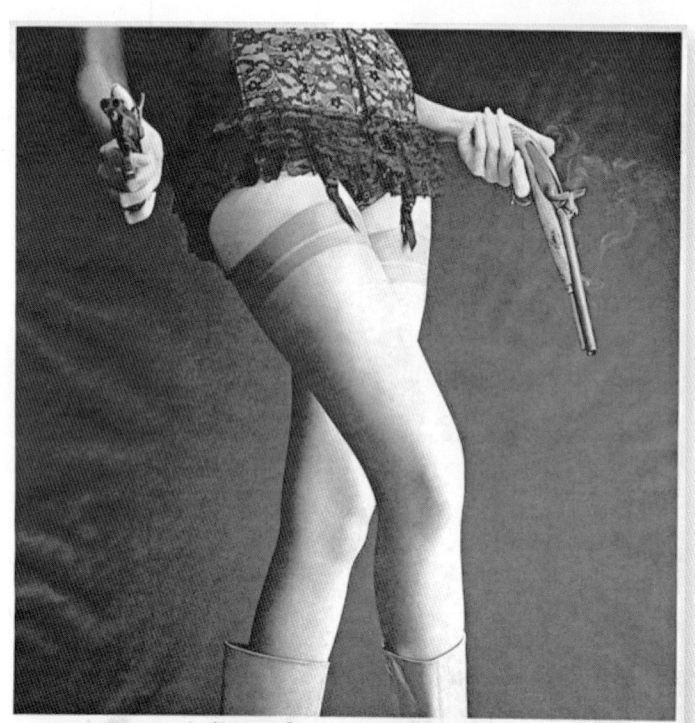

"meias ao alto"

A ordem já foi dada: saias mais curtas, meias mais compridas. Para o nôvo estilo de Pierre Cardin já temos meias mais compridas, "meias ao alto". Já temos Eternelle, meia nova. Bem mais comprida. E como sempre, o fio também não corre. É a mais resistente que você pode encontrar. Cardin fêz a moda, nós fizemos a meia. **Eternelle** — meia nova mais comprida

Posando para o anúncio das meias Eternelle no início da minissaia, 1968

Na peça *Jorginho, o machão*, Rio de Janeiro, 1971: Berta Loran, Fregolente, Maria Gladys, Gracindo Júnior e Marieta Severo

ARQUIVO PESSOAL

Com José Vicente em Londres

Clóvis Bueno, Black Power, Bivar, Leilah, Gay Power e Baby Power.
Portobello Road, Londres

Clóvis Bueno, Amsterdã, 1970

Com Bivar,
Londres, 1970

Da esquerda para a direita: Leilah, Dener, Marilu e Jô, 1968

LEILAH APRESENTA OURO DO APODI, GRANDE GALA EM ZIBELINA, COBERTO DE FILÉ E BORDADO DE LÃ COM STRASS.

Com a roupa considerada a mais luxuosa de Dener

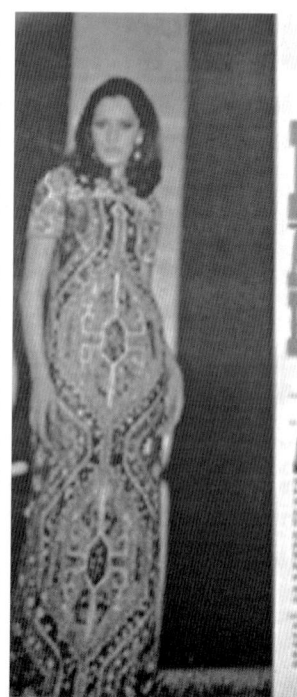

Roupa Dener, 1967

Luis Carlos Prestes, Leilah, Aldo Lins e Filho e Lygia Fagundes Telles, 1968

Com Samuel Wainer, 1983

Com o poeta Vinicius de Moraes, 1968

De pé: Ruth Cardoso, Carlos Alberto Ricelli, John Herbert, Leilah, Fafá de Belém, presidente Mário Soares, Fernando Henrique Cardoso; sentadas: Bruna Lombardi, Bibi Ferreira, Regina Duarte, Lygia Fagundes Telles, Ruth Escobar e Irene Ravache, 1981

Eva Wilma, Tônia Carrero, Ruth Escobar, Leilah e Irene Ravache, década de 1970

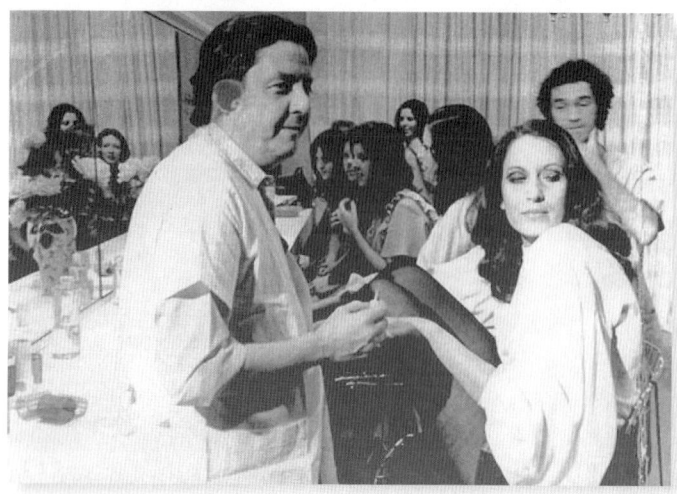

Com Cassiano Gabus Mendes, no set do último capítulo da novela global *Venha ver o sol na estrada*, de Leilah e Cassiano, dirigida por ele e Antunes Filho

O olho dela e José Celso
Martinez Correa

Com Silvio de Abreu, anos 1980

No Gigetto, com Consuelo de Castro

Bibi Vogel, Leilah, Jairo Arco e Flexa (ao fundo), Célia Helena, Lana Crespi, anos 1970

Camila, primeiras braçadas, 1982

Camila adolescente

Com Tamar (à esquerda) e a amiga Regina Boni, em viagem ao Egito, década de 1990

No encerramento da *Década da Mulher*, com os guerreiros massai, no Quênia

Hippie no Marrocos

Ao lado de Marta Suplicy na estreia de *Dias de felicidade*, 2015

Leilah e Walter
Colar feito por ela

Walter, Bruna, Leilah e Ricelli, em Los Angeles, 1997

Camila com Carlinhos Lyra

Hudson Senna e Camila Appel, 2012

Otto Appel Senna e Anna Appel Senna, os amados netos de Leilah, 2018

Vovô Walter e vovó Leilah, animadíssimos no berçário: nascimento de Anna, 2016

11
DENER E CLODOVIL, CLARO

Clodovil. Existe o personagem inteligentíssimo, com aquele humor mais do que brilhante e cruel. Vou contar outras coisas. Ele sofria porque Dener o chamava de "Nega Vina". Falava que o Dener era uma pessoa má. Não tem essa de eles só "representarem" a rivalidade, não.

Dener, quando virei dramaturga, me deu uma festa. Claro que tinha o lado que lhe interessava. Não tenho dúvidas. Mas também era uma atitude sincera. Dener inventava que eu tinha aprendido a escrever nos serões que ele fazia, com a presença de Lygia Fagundes Telles e outros escritores. Um barato! Que ele foi generoso, ah, isso foi. A classe teatral ficou encantada com essa festinha em sua casa. Não pelo social, mas porque Dener era um grande personagem.

Um dia, fui com ele num terreiro de umbanda. Tinha uma senhora muito simples, sentada, cabelos brancos em coque e outras simplicidades. Ele falou que ela tinha sido a mulher mais chique e elegante que ele tinha visto na vida. E era. Depois que desfilei para Dener, toda a alta-costura me chamou para desfilar. José Gayegos talvez seja quem melhor conheceu Dener.

Naquele tempo, tinha alta-costura. Vestidos exclusivos feitos sob medida, um luxo. Os ateliês eram pequenos e íntimos. Pareciam ser todos cobertos de veludo. O da Chanel, em Paris, na rue Cambon, também era assim. Minha amiga Marilu foi, durante anos, a primeira-manequim da Chanel. Ela me contava que as filhas cresceram lá, brincando no ateliê da Chanel.

Com Dener, desfilávamos para uma freguesa ou várias e tínhamos muita intimidade com elas. Essa intimidade, fora dos desfiles, mostrava o "quanto" elas eram clientes especiais dele e de Clô.

Uma vez, desfilei para Dener com um vestido fandango já vendido, numa Fenit, a famosa feira de moda dos anos 1960. Ele me surpreendeu, colocando a música *Missa Luba* quando eu entrei. Tanto rodopiei com a saiona godê guarda-chuva, com babados godês, que a rasguei um pouco. Dener quase morreu de tanto rir. Eu era, mesmo, maravilhooooosa, ele disse. E mandou fazer outro vestido. Coisa impensável, no caso de Clodovil, por exemplo. Dener me pediu que preparasse o passaporte, porque logo iria desfilar no Kremlin, na Rússia. Estou esperando até hoje.

Escrevi uma peça *A feira* ou *Use pó de arroz Bijou* (1968), que se passa numa feira tipo Fenit. A Censura cortou 95% das páginas. Mas essa não reescrevi nem publiquei, não era o caso. Embora tenha gostado de ser manequim, aí, depois de anos, eu já não aguentava mais!

Mas tenho uma cópia aqui, escrita com aquelas máquinas antigas, qualquer dia vou dar uma olhada... Só sei que é agressiva... e as manequins usavam um coque chamado "banana".

O INÍCIO

Nos primeiros desfiles para o Dener, no seu ateliê da Paulista, eu ficava tão nervosa que dava, assim, uma espécie de "chutinho" chique com o pé quando terminava a volta. Desde então, ele queria que todas as manequins dessem esse tal de "chutinho" chique.

Ele era assim, diferenciado, cheio de imaginação e sonhos, fora da estratosfera. O Dener criava as roupas na hora. Enrolava uns panos na gente, com alfinetes e pronto. Foi assim que aprendi a me enrolar em panos e pronto.

Clodovil era mais metódico. No dia do desfile, chapéus, joias tudo já previsto e preparado. Uma vez, dei para Clodovil um livro intitulado *Sociologia da moda*. Ele se interessou muito. Para Dener e para a colunista Alik Kostakis, mostrei desenhos meus do tempo em que era "desenhista de moda", da madame Boriska. Eles gostaram, ficaram surpresos, mas me pareceu que manequim não podia fazer essas coisas, não. Quando estava no salão de cabeleireiro Colonial, ao lado do ateliê "secreto e intimista" de Dener, na avenida Paulista, eles fazendo o "bicho-grilo" da USP, que era eu, se transformar em uma Marlene Dietrich, vi, pelo espelho, Dener agarrar Maria Stella e dar-lhe um beijo na boca. Muito surpresa, perguntei para Maria Stella se ele não era homossexual. Também surpresa, mas muito feliz, ela me disse que não sabia. Ele sempre me falava que tinha muito tesão por ela. Quando nós, as manequins, íamos trocar de roupa, sentíamos o olhar dele "de homem" em cima da gente. A mãe de Dener me disse, um dia, que sua antiga primeira-manequim Giedre, em outros tempos, vivia no colo do Dener. E que ele conversava horrores e maravilhas no telefone com Maria Thereza Goulart, mulher do presidente João Goulart, sua principal cliente.

Ugo Castellana também era um charme. Acho que a mulher

do Ugo tinha ciúmes de mim. Quando fui receber o prêmio Molière, de melhor autora de 1969, estava no Antônio Carlos Cabeleireiro e me perguntaram que roupa eu iria usar. Disse que ainda não sabia. Não tem susto, não! Manequim era assim mesmo. A mulher do Ugo me ordenou que fosse correndo até seu ateliê pegar uma roupa. Fui. Coloquei um vestido negro inteiro de pedrarias, lindíssimo. Mas achei demais. Nada disso de achar que não mereça. Não! Vai mais longe, era a contracultura. Coloquei um casaco de veludo preto, inglês, longo, nas costas, para quebrar um pouco o luxo. Cabelos não lembro como, acho que eram "fora do controle". Teve gente que disse, quando eu entrei, ter sentido o mesmo impacto na primeira vez que viu um hippie. Marília Pêra foi vestida de grande estrela. Usava uma estrela cintilante no peito. Estava linda! Agradou demaaaaaaais. Depois conto mais coisinhas criativas e deslumbrantes das nossas deusas.

Havia um costureiro muito elegante que diziam ter sido namoradíssimo de grande personalidade italiana, outro homem, muito conhecido. Parece que era um cardeal, não sei.

Adoro ex-manequins, porque desmistificam um pouco as coisas. Mesmo quando se casam com príncipes e condes. Luana, preta de alma negrissíssima último tom, com um corpo mais lindo que vi na vida, casou-se com um nobre francês branco. Quando ele morreu, Luana herdou um castelo. Ah!... Cadê Luana? Quando ela foi ao pensionato onde eu morava na época, pedi-lhe para ficar pelada. Ela ficou. Foi um "extasiamento" geral. As meninas não acreditavam no que viam. Fato inesquecível. Ah! Quanta coisa inesquecível! Não cabe. Não sei onde. Não cabe e pronto. Essa frase é uma das vantagens da terceira idade em que me encontro. Hoje, sou fã da Gisele Bündchen. Manequim que mudou o paradigma e impôs seu tipo. E administra tudo. Sou fã de carteirinha de algumas, aliás, de muitas intelectuais às quais devo muito. Mas essas têm sua sabedoria reconhecida.

Ah! O pensionato! Aquele histórico pensionato, onde o Dops baixou, um dia, para levar Ondina, professora, que seria militante comunista. Mas a Ondina voltou. (Poderia não ter voltado... e sumido para sempre...)

Eu e Vitória jogamos pela janela tudo que considerávamos subversivo e deixamos à mostra só o livreto: *UNE, instrumento de subversão*. Quando virei manequim, continuei no pensionato, claro. Deli, também manequim, resolveu morar lá. Eu achava que Clodovil tinha muito afeto, muito mesmo, por ela. Queria até se casar com ela. Perguntaram-lhe: "Por que manequim morando em pensionato?". Clô respondeu que "cada um resolvia do seu jeito seu problema de solidão". A mãe do Clô, dona Izabel, era muito meiga e tímida. Era muito maternal com as manequins, comigo inclusive. A gente gostava dela.

Clô tinha seu ateliê ali perto, na Baronesa de Itu. Um dia, convidei-o para conhecer o pensionato (1967?). Ele foi. As meninas estavam descendo para o almoço. Todas de penhoar e bobes na cabeça. Foi aquela gritaria! Não foi maldade minha, tenho certeza disso! Apenas gostava de "armar" cenas. Uma futura autora. Tudo acabou em gargalhadas, inclusive de Clô! Foi aquela confraternização geral. Acredita que NUNCA vi Clodovil citar isso? Se aconteceu, nunca soube.

Não digo que não dá para citar e lembrar tudo? Clô dizia que não entrava nessas de casamento gay, porque o que eles queriam mesmo era o vestido de noiva. "E daí?", eu disse. Os que forem por isso não existe nada mais lindo do que um vestido de noiva.

Escrevi aquela peça de humor cruel para ele fazer como ator. No final, "ele" termina se casando com seu amado, no maior romantismo do mundo. Seriedade, companheirismo e tudo. Foi um supersucesso. Deixei uns espaços para ele improvisar. E deu certo: *Seda pura e alfinetadas*. Essa eu não publiquei. Ela é fora dos meus temas.

Tinha imaginado primeiro um outro fim. Clô desmunhecava tanto que acabava virando uma ave-do-paraíso e saía voando... Desconfio que pensaram em me internar.

Dener queria que eu escrevesse uma peça para ele. Uma *Dama das camélias*, no masculino. Mas ele não cairia morto, não. "Nem morta", disse ele. Na hora, um dublê iria fazer isso. Queria que Flávio Rangel dirigisse.

O costureiro Zé Gayegos conta que, numa festa íntima, Dener estava com um robe chiquérrimo, e a polícia, que tinha sido chamada, o repreendeu severamente. "O senhor queria que eu o recebesse como? De *tailleurzinho*?", perguntou.

Na estreia do *Fala baixo...*, ele saiu na metade da peça, escondido, com o cenógrafo Flávio Phebo e me disse, exagerando na caricatura: "Me desculpe, mas eu estava quase subindo no palco, mudando aquele cenário e pondo um longo meu de paetês naquela roupa pobreza de funcionária pública da Marília Pêra. Eu quero *strass*, quero purpuriiina!" Eu ri e o perdoei. Ele era uma criança! Um dia, Flávio Phebo veio me pedir uma entrevista para o jornal gay *O Lampião*. Queria que eu falasse sobre um comentário de Dener. Ele havia dito que ele e eu estávamos tendo um caso. Eu disse que havia um engano. Não tinha caso nenhum. Contei isso, mais tarde, para Maria Stella e rimos muito.

ENGANO CHIQUE

Tem um acontecimento que Dener e Clodovil iriam a-do-rar! Este aqui.

Recebo um e-mail do "Banco" Austríaco, falando de uma quantia que devo pagar.

"Raios", penso. "Pagar o quê?" Que Banco Austríaco é esse? A mãe do Walter era austríaca. Ligo: "Alô! É do Banco Austríaco?". "Não", respondem. "Foi engano." "Como engano?", pergunto. "Está aqui o telefone. E essa quantia, o que é?"

(pausa)

"É a dona Leilah?", perguntam. "Aqui é o restaurador. Esse é o orçamento da restauração do banquinho austríaco que dona Regina Boni lhe deu. A senhora deixou aqui para restaurar a palhinha."

Também eles iriam gostar de certas obras de arte que tenho no meu escritório hoje. São belas esculturas que trouxe da Grécia, de lindos falos que são na verdade deuses da fertilidade daquela época. Uma vez um padre veio benzer a casa e benzeu todos eles.

DINHEIRO
Mesmo como manequim de alta-costura, eu nunca liguei para dinheiro, não. Talvez pelo viés de meus pais. O Dener achava isso engraçado e chique. Mas nunca me faltou. Pelo menos, nunca percebi. Quando uma quantidade maior de dinheiro veio, via Walter, minha maior preocupação era: "Como fazer com que aquele dinheiro não me desse MUITO trabalho?". Ah! Senão, não vale.

As pessoas NÃO PERCEBEM.

Se o dinheiro der trabalho demaaaais da conta, não vale a pena, ora!

Bom, sou uma complicada mesmo porque a maioria acha uma maravilha o muito trabalho que o dinheiro dá.

Fico pensando nesses ricos que têm casa no mundo inteiro.

Como é que eles fazem? E quem tem jatinho? E apartamento em NY? E pra conservar tudo isso?

Quando construímos o apartamento do Rio, começou uma reunião aqui, outra reunião ali, reuniões demais. Falei para o Walter: "Continua você. Eu prefiro ainda ficar no Copa".

Quando a Camila ficou lá, no apartamento do Rio, com um moooonte de amigos, peguei minhas coisas e fui para o Copa.

Copa: amor da minha vida.

Quanto aos zeros do dinheiro, entendo até certo número de zeros. Quando extrapola, e tem zeros DEMAIS, eu tenho vontade de colocar todos num fio de pesca e pendurar no pescoço, feito bijuteria. Porque muuuuuuuitos zeros eu não entendo mesmo. Entendo mais é dessa bijuteria artesanal aí.

(pausa)

PRODUÇÃO

Mas o dinheiro foi muito importante quando eu pude produzir a própria peça, depois de ter camelado muiiiitooo, durante aaaanos, para conseguir produção para as anteriores. Fazer teatro é um milagre.

Bom, não falo de fome na Nigéria e coisas mais sérias, porque... pô, porque quero escrever essas lembrancinhas numa boa.

UM CASAMENTO LINDO

Camila casou-se aqui no lindo jardim da nossa casa, numa cerimônia celta. O nosso jardim encantado, que tem uma tabuleta no portão escrito: "Jardim secreto, cuidado para não acordar as fadas". Usou um vestido Lino Villaventura, nosso único eleito. Um longo branco com tecido bordado por "aranhas" bordadeiras mágicas que habitam o Nordeste brasileiro. Foi um momento especial na vida dela, porque Camila, no cotidiano, é uma pessoa *low profile*, e não gosta de usar grifes famosas. Ela é uma pessoa séria, eu já disse. É isso.

OS PAIS SÃO OS ÚLTIMOS A SABER
Quando a Camila fez FGV (Fundação Getúlio Vargas), ela foi presidente do D.A. Foi a única presidente mulher da história da G.V. Uma vez ela foi à escola introduzir o Lula para o debate com os estudantes. Ele era candidato a presidente (2002) – ela tinha 21 anos – e foram depois outros candidatos também. Fomos lá para ver, eu e o Walter. Ela entrou, bem altona, com o Lula, bem baixinho: a algazarra era demais. Nossa filhinha simplesmente falou, tranquila, mas firme: "Silêncio". O barulho foi parando, parando, silêncio total, não se escutava nem uma mosca. Eu, sinceramente, fiquei perplexa. O Walter também. Aquela adulta não podia ser a nossa filhinha. E aí ela começou a falar. O Walter disse baixinho: "Acho que temos que nos comportar melhor perto dela".

Depois, em Londres, aluna da pós em Antropologia, ela foi presidente do D.A. de lá também.

VOLTANDO AO NORMAL: A INTIMIDADE DAS DIVINAS
Clô odiava aquelas "coisas". As coisas eram nossos lindos seios à mostra, quando a gente provava roupa. Mas, vestidas, ele dizia, éramos umas divinas.

Ele lançou a frase: "Se DEUS quiser, E ELE HÁ de querer". Esta frase é mesmo do Clodovil.

Tenho quatro fotos da Vania do filme *Anuska, manequim e mulher* (de um conto de Ignácio de Loyola Brandão), no qual eu uso roupa do Clô, mostrando bem o "movimento" da alta-costura. Diziam que quem inspirou a personagem do livro e filme foi a manequim Giedre, a vedete do Dener de quem já falei. Não sei.

A roupa de alta-costura tinha uma "linha", uma "caída". Não podíamos nos movimentar demais, porque "quebrava a linha". E a gente "interpretava" a roupa. A pisada, a minha, não era com a ponta dos pés, não. E muito menos com o calcanhar. Era... não sei explicar como. Mas ainda sei pisar, até hoje. Eugênia Fleury era a única a dar o rodopio com três viradas. E ganhou o "Sapatinho de Ouro". Ela dizia que "quem anda de ônibus compra um carro". E comprou mesmo, a danada. E ficou rica com o próprio esforço. Quando estive, de navio, na terra de onde veio a gente dela, Riga, na Letônia (nascida Magélis, em Vila Zelina, São Paulo), terra também do Baryshnikov, vi umas crianças compridinhas, cabelo loiro, quase branco junto com uns gansos, pensei: "Meu Deus! Olha lá a Eugênia! *A menina e os gansos, o filme.*

O Clóvis trabalhava na produção desse filme e foi aí que o conheci.

SUAVE DIALÉTICA
Agora me veio à cabeça uma viagem que fizemos, de carro, para desfilar no interior. Fomos. A viagem inteira fui explicando a dialética para as meninas. Não tive didática não, porque elas não entenderam nada. Mas gostaram muito. Eu vi.

Mudando de assunto, quero dizer também que tive momentos de grande frustração, sim. Por exemplo, quando não éramos chamadas para um desfile. Ou momentos de competição. Certa vez, eu ia fechar, sozinha, um desfile com um vestido vedete, do Dener, na Fenit. Momento tchã! Um cretino, do outro lado, soltou uma outra manequim junto comigo. Fechamos, as duas. Sem o tchã! Que óóóóoódio!!!

Camila, numa das vezes que desfilou, outra manequim raptou a roupa que ela iria desfilar. Ela teve que desfilar com um vestido "menor". E, claro, a Camilinha achou um absurdo. Não quis continuar mesmo.

Vivi momentos de vilania. Uma vez, falei para um costureiro amigo, bem malévola: "Olha só o presente que eu trouxe para você". Era um bofe maravilha. Um loiro altíssimo e bonito demais. E fui embora. Só isso.

Apareci com um "bofe mais do que maravilha", quando manequim, mas aquele "era da boneca, aqui". A "boneca" era eu mesma. Era um namorado meu. Pois é, tinha dessas coisas, mas a maior parte do tempo era... uma algazarra refinada, digamos assim.

O Clodovil, eu vi... peladinho! Tinha um corpinho de menino, sem nenhum pelo. Era uma graça! Dener, eu vi de sunga. Também era uma graça.

Marilu falou que nunca se esquecerá de mim: pelada, de joelhos, em cima do guarda-roupa, de perfil, matando uma barata. As altas-costuras eram assim, no troca-troca de roupas ninguém reparava se o outro estava pelado ou não. Alguém podia filmar desse ponto de vista! Olha, quanto aos namoradinhos deles todos, no mundo inteiro, não tenho "a menor" ideia. Continuando, me lembro do corpo, das mãos, dos pés, de todo mundo! Olha só o filme! Um verdadeiro berçário. E aí vem a sinfonia dos bebês, chorando, rindo!

Mas, hoje, gosto mesmo da grife DASPU. Para quem não sabe: Grife das Putas.

Achei engraçado quando vi uma foto de um jornalista se enfiando debaixo da saia longa de uma famosa no Festival de Cannes! Achei simplesmente que ele pirou. Walter comentou: "Se fosse na Bienal, isso seria uma *PERFORMANCE*". Ah! por hoje já deu.

Uma vez, no século passado, eu tinha um vestido vermelho chiquuuuéééérrimo que adorava. Mas Walter e costureiros amigos diziam que eu parecia uma "puta". Chique. Mas puta. E aí, numa festa, cheguei com esse vestido. Ele até que era simples, de seda pura, mas muito sensual. Todos os homens ficaram "alegrinhos", com o meu visual. Essas coisas, pra ser sincera, a gente percebe. Mas se contiveram, elegantemente. Quando é assim a gente gosta. Walter e os costureiros tinham razão.

Sem grossuras e nem abusos, tão alegrinhos! Que saudades.

(pausa)

O doutor Drauzio Varella, antes da fama, fez ginástica comigo no Caoc, clube da Faculdade de Medicina. Ele viu meu corpo, enorme de pós-parto, ir voltando ao normal. Sei que percebeu, porque, gentil, ele comentou comigo. Que atenção a dele! Fiquei agradecida. Um pouco mais tarde ele se casou com minha amiga Regina Braga, também uma diferenciada. Estão sendo felizes, para sempre mesmo, até hoje. Um dia, quando ele havia assistido a uma de minhas peças, me disse que tinha adorado a esposa da peça que xinga o marido de "vice-campeão de punheta!" Confesso que era uma brincadeira com o Prata, o autor, que havia me contado sobre esse tipo de campeonato com os meninos durante sua infância. Bom, Drauzio me disse que se eu tivesse nascido em Nova York estaria milionária. Ele estava com o marido da Vania, que mora hoje naquele lugar que está na moda, de ilhas artificiais, em Dubai.

E aquilo que o Drauzio disse sobre Nova York não dei muita atenção. E se ele, o Drauzio, tivesse nascido em Nova York? Não, admiro muito o Drauzio, ele nasceu para ter essa importância extraordinária que tem aqui, no Brasil. Depois da fama, falei para ele que era muito bom ter um amigo que jamais sairia como destaque em escola de samba. Ele riu e disse: "Não sei, não".

RUA MARIA ANTONIA

O melhor amigo do Clóvis, na Politécnica, tinha sido o líder estudantil José Serra, depois político.

Um dia, eu estava na quitinete do Clóvis, de madrugada, e ouvimos o barulho seco de uma bomba, na rua Maria Antonia. E daí aquele silêncio, no ar... aquele silêncio seco. Essa bomba, 1968, ficou famosa, porque matou gente. Não me perguntem mais sobre ela porque não me lembro. Só que acordei com o barulho grande e seco na madrugada.

Nessa época, eu cheguei um dia na quitinete do meu namorado e na porta tinha um cartaz enorme com a figura de um homem, pelado e peludo, dizendo: "Eu te amo".

Também... Eu chegava dos desfiles lá, de madrugada, e deixava o vestido longo de alta-costura ir caindo... caindo... bem simplesinha... Foi aí que ele começou a enlouquecer. Não, o Clóvis nunca foi louco. É apenas um diferenciado.

Deixe-me ver quem mais... (pausa) Walter não vai gostar de tantas citações... Mas não se pode proibir até as lembranças! Principalmente de uma pobre e tola narcisinha, vinda do interior, órfã, sozinha e carente, na cidade grande. Ele não vai ligar, não. E ele também tem as histórias dos amores dele.

Lá atrás, um dia, ele estava me contando de um êxtase que teve com uma moça, antigo caso. Fiquei putíssima! Ele respondeu, talvez para me acalmar:

"Não sou artista, mas tenho direito, também, à 'licença poética', tá?". Aguenta!

Uma vez, quando estava grávida, pouco antes de a Camila nascer, entrei com a barriga enooorme e o corpo magro na piscina do Caoc, o Clube da Medicina. Todos olharam. Assustados talvez, com aquela barrigona. Olharam, olharam... Daí eu disse: "Vou parir um ser humano e não uma azeitona!". Falei e disse.

Fui com o Dener, num canil, perto do Rio, para pegar a recém-nascida cachorrinha Fedra, no colo, no Cadillac preto dele, até São Paulo. Diziam que o Cadillac tinha sido do Lincoln Gordon, embaixador americano, na época do golpe de 1964.

Minha tia Cau também teve um Cadillac preto, que fazia minha mãe passar mal. Ela já tinha até pedido para ser deixada na estrada. E só passava bem, mesmo, naquela velha jardineira, que ia sacudindo de Botucatu até Iaras, ex-Monções, no sertão paulista. Lá, minha mãe começou a ser diretora de grupo escolar. Morei um ano lá com ela, numa casinha que parecia de barro. Como fui feliz então!

Antes dos 6 anos, eu sabia se meu pai tinha bebido ou não, à noite, pelos passos dele no jardim. Suspendia a respiração. Isso em São João. Ele não era violento, mas virava outra pessoa. E eu suspendia a respiração.

Meu irmão Salvador foi morar em Iaras um tempo e tirava água do poço. Minha mãe ameaçava bater nele de tranca, se ele não tirasse. E vai... e vai... e vai... sertão, que lindo. Não há... oh gente... oh não, luar... como esse... do sertão...

"Yara é a moça que um dia...
sobre grande e linda flor
cantou linda melodia...
e atraiu o pescador..."

De minha lavra, 6 anos. A mãe ou a avó alfabetizou esta indefesa, aqui, com rima e métrica.

12
ESSES FAMOSOS... AH, ESSES FAMOSOS...

Minha filha, Camila, ainda pequenina, mas já estava em alguma escolinha, chegou um dia e me perguntou, meiguinha: "Mãe, você sabe quem você é?".
Eu respondi: "Não, filhota, quem eu sou?".
"Você é a Leilah Assumpção."
Susto! Pausa perplexa e absolutamente autodeletada!
Sinceramente, minha cabeça deu um nó.
Tempo.
Mais tempo.
Bom, aí ficou no "tempo" só porque eu não lhe respondi absolutamente NADA.
Podia ter dito tanta coisa, "quem era essa pessoa" e... daí para frente...
Mas não. Eu queria ligar correndo para o meu psiquiatra, mas não. Não tinha psiquiatra nessa época. É isso. Quando a gente precisa com sofreguidão deles... cadê eles?
Bom, não exageremos...

Elazinha, a Camila amada, me salvou. Ela mesma.
Camila disse:
"Você é famosa".
Bom, vou tomar um café e volto logo mais.
Voltei.
Eu: "Camila, eu não sou uma pessoa famosa... Pessoa famosa dá autógrafo...".
Camila: "Eu vi você dando autógrafo outro dia!".
Eu: "Foi só um acidente ao acaso, filha. Quem dá autógrafo é gente de televisão...".
Camila: "Você já fez televisão, mamãe!".
Eu: "Só um pouco, filha. Mas o que eu faço mesmo é teatro, o que não deixa ninguém famoso. A gente escolhe isso, ou o teatro nos escolhe".
Camila: "Ah... você escolheu. Por quê?".
Eu: "Porque é vital".
Camila: "Foi o papai que escolheu banco?".
Eu: "É o talento especial que o escolheu. Mas você vê que ele adora teatro, música principalmente. Tem gente que adora ser faxineira. E com razão. Gosta de esfregar, esfregar. É um certo tipo de hiperatividade. Com o tempo você vai ver qual é a sua. O leque de opções, hoje, é muito grande".

(pausa)

Tive uma faxineira ótima que, quando ficava nervosa, eu dava um pedaço de pano de chão pra ela ficar lá esfregando, esfregando, até cansar. Deu certo. Ela ficava uma pluma.
Eu não chamo meu trabalho de trabalho porque eu o amo. Falo: "Vou escrever, e não vou trabalhar". Algum tempo atrás eu gostei de desfilar.

JOIAZINHAS EMOCIONAIS

Também fiz, e às vezes ainda faço, umas joiazinhas, à mão, tipo amassadas, que me dão muito prazer. Apelidei-as de "joias emocionais". Fiz um curso. Mas eu puxo a solda, enrolo, junto, dou nós, grudo, desgrudo, soldo, já cheguei até a ter vontade de mordiscá-las! Mas sempre me contive, porque sempre fui sã.

Bom, lá vou indo na autobiografia. Não pretendo fazer nunca, mas assim, desse jeito, não dói. É uma delícia! Aliás, não é autobiografia, é um livro de memórias.

Quando fizemos, Walter e eu, 30 anos de "relação insólita", estavam todos lá. Amigos de 30 anos e eles... se deram bem na vida, poxa! Tinha, aliás, ainda tem, fotos de todos eles, num relicário, um móvel de madeira de pinho de riga e cristal, com fotos de amigos e família, de muitos anos atrás. Bebês no colo, o ator Raul Cortez e eu, Raul carregando a sua Maria e eu carregando minha Camila e muitas outras fotos mais.

Como contei, eu soube que estava grávida da Camila, na casa da Regina Duarte, por um telefonema e quase morri de alegria!

Estávamos ensaiando um capítulo do seriado *Malu mulher*, capítulo meu, que era o último. Nessa história, Malu conhece um homem, que era um homem novo. Seria o homem dela?

Depois desse meu capítulo, só veio um Especial, o de Natal, da Renata Pallottini.

Famosos... Famosos...

Quando um amigo "chegava lá", a gente não reparava.

Um dia, eu andava na Augusta com a Regina Duarte e começou a juntar gente... juntar gente...

Eu, assustada: "Que é isso? Que é isso? Nooossa!".

Regina, bem meiguinha: "É por minha causa"...

Em outro dia, presenciei esta cena.

Estranho: "Sabe que a senhora parece a Regina Duarte?".

Regina, sempre meiguinha, simples, baixinho: "Eu sou 'ela'...".

Esse "Eu sou ela..." ficou minhocando na minha cabeça um bom tempo...

Engraçado é que nunca perguntei para a Regina o que dava nela quando lhe diziam isso... Ora! Também não vou fazer psicanálise de toda essa gente, não...

A Odete Lara também.

Alguém: "Sabe que você parece muito a Odete Lara?".

Odete: "Todo mundo fala isso".

E então, quando...

Estranho: "Dona Beatriz Segall, eu adoro o seu trabalho!".

Não era a Beatriz. Era a Nathalia Timberg, por exemplo.

Com Consuelo de Castro, comigo e com Maria Adelaide, bem lá atrás, volta e meia acontecia isso.

Estranho: "Dona Consuelo de Castro, eu sou fã de tooooooooooodas as suas novelas!".

"Muito obrigada, que honra", dizia eu.

Agora, com a internet, seja o que Deus quiser!

A SERENA E SÁBIA DONA RUTH CARDOSO

Ah! Indo mais longe. Na casa da Ruth Escobar, entra a Ruth Cardoso. Nós tínhamos interagido várias vezes, naquele grupo de pré-feministas chamado Fenemê – Frente Nacional da Mulher –, nome que, na época, era uma famosa marca de caminhões. Na casa da Escobar. Quando se decidiu, modestamente, que a mulher deveria entrar para a política. Silvia Pimentel candidatou-se. Irede Cardoso foi a primeira. Eva Blye, Escobar, Zulaiê Cobra entraram. E outras. Marta Suplicy está até hoje.

Voltando. Ruth Cardoso era, agora, a primeira-dama do país.

Nessas horas, eu sumo. Sumo mesmo, porque a personagem mudou, não sei como tratar, se beijo a mão ou faço reverência, enfim, é o meu lado inacreditavelmente tímido. Então escuto uma voz... "Leilah, só porque eu virei (com ênfase) 'primeira-dama' você não me conhece mais?"

Outro dia um chique muito concorrido no meu tempo de manequim me pergunta:
"Desculpe-me a pergunta muito íntima, mas naquela época nós dois chegamos a ir para a cama?".
"Olha, que eu me lembre não. E minha memória é excelente."
Não, essas não me desarmam, não, ri muito.
Fora o que naquele tempo eu era virgem.
Fraquinha a resposta, né? Hoje eu teria mais "verve". Ah! Se teria! Só de relance, já me vieram quatro! Ah, tomara que algum outro me pergunte isso!

Um dia, estava com amigas viçosas que falavam da alegria que sentiam quando as pessoas lhes perguntavam se suas filhas eram suas irmãs. Então, resolvi lhes contar coisas que aconteceram comigo. Tive Camila um pouquinho mais tarde e levando, orgulhosa, a bebezinha, tipo alemã-vienense, no carrinho... uma passante me perguntou se a bebezinha era minha... neta!!! Eu disse que não. Ela era minha filha. A mulher não acreditou e continuou resmungando, meio irritada. Foi aí que resolvi emagrecer de novo e cortar o cabelo, porque a próxima ia perguntar se eu era a babá. Aliás, isso seria um elogio, claro.
Luiza Nagib Eluf, criminalista que admiro, me conta algo que, claro, não me lembro. Disse que, morando em São João da Boa Vista, era amicíssima da minha sobrinha Clícia. Então, eu, manequim, chegava de São Paulo, na casa da minha irmã, só com uma bolsona, blusa, minissaia e botas.

Meu pai, que morava lá, dizia: "Vai pisar na saia! Vai pisar na saia!".

Algumas pessoas me perguntavam: "O que é que está na moda?". Eu pensava: "Alta-costura nunca esteve na moda...". Então, eu colocava o penhoar de algodão de minha irmã, que também ficava curto, e, como não tinha levado sapato, continuava de botas. Me sentia confortável, nem um pouco estranha.

Desse tempo, me lembro que minha irmã Tamar, Clícia e eu nos deitávamos na cama de casal e ficávamos "bunda com bunda", o que era uma delícia!

SIMONE DE BEAUVOIR

Ela foi aquela maravilha que a gente sabe.

Mas, no tempo em que a li, me incomodou um pouco a ânsia dela, exagerada, em ser feliz. Se eu fosse ler agora seus textos, com certeza não seria assim.

Lembro-me do que uma pessoa respondeu para a outra, com a mesma ânsia – e essa não é da minha lavra, não, infelizmente: "E quem disse que você veio ao mundo para ser feliz?!".

Falando nisso, uma vez aconteceu um fato engraçado. Nosso grupelho de alta-costura foi de avião para a fazenda de um ricaço da época para desfilar para Dener. Bom, chegando lá, à paisana, claro, o fazendeiro ricão ficou estupefato. Nós não éramos aquelas que ele tinha contratado. Ele havia sido enganado. A gente não era nada daquilo que prometíamos nas fotos. Queria que voltássemos, aquelas coisas. A gente não ficou nem um pouco sem jeito, não! Manequim de propaganda era uma coisa: colorida, muito bonita, revistas de moda, *Claudia*, *Rhodia*. Desfile de alta-costura era outra. Para o Dener, manequim muito colorida parecia árvore de natal, desviava a atenção da roupa, que era o foco. A gente até já esperava a reação do moço: fazendeirão, ricão. Bom, o costureiro explicou, explicou, pausa!

E explicou... Enfim, entramos na casa. Nos maquiamos e tudo.

Na hora do desfile, surgimos umas verdadeiras deusas do Olimpo a deslizar pelas passarelas traçadas nas gramas verdes da fazenda... feito uns cisnes... Acabado o desfile... mil galanteios, pedidos de casamento e por aí afora.

Uma vez, na Era Paleolítica, eu desfilava no Jequitimar do Guarujá, esquelética e cisne, com outras manequins, a deslumbrante roupa do Dener. Aí, para fechar o desfile, entrei na passarela, coisa pouco usual, com um maiô Dener. Todas nós, manequins de alta-costura, éramos esqueléticas, mas eu era falsa magra.

No dia seguinte, saiu uma foto grande minha com o maiô no jornal *Última Hora*, com a legenda: "Osso, aqui, nãããão!". Acho que era elogio, mas não tive tanta certeza. Me deu uma vergonha!...

Às vezes, sei que pareço boba. Não pareço? É que, às vezes, eu sou mesmo. E daí?

Bom, chega de me (nos) qualificar ou desqualificar. O ser humano mulher ainda não está com tudo isso, não. Nem o negro ou o índio. O gay, hoje, um pouco.

Aí tem coisa.

Numa primeira foto que saiu na *Manchete*, toda manequim lânguida, na estreia do raio do *Fala baixo*... eu dizia que pretendia ter muitos filhos e... muitos maridos. Minha família quase me matou. O gênio Jorge Mautner, anos depois, me contou que leu isso, morando em Nova York e ele e os amigos disseram: "Vixi! Aí tem coisa".

E leio hoje, esse gênio, Mautner, contando do primeiro encontro dele com Caetano e Gil, em Londres. Nossa... que delicadeza! Que maravilhamento essa descoberta de "seus iguais". Isso é que é "não solidão".

(pausa)

Malu Bresser falou que, fazendo terapia há 30 anos, o terapeuta lhe disse que tinha aguentado o pior dela. Agora, que ela ficou um pouco melhorzinha pra se relacionar, não ia ser louco de lhe dar alta. Regina Boni, acho que é por aí também. São as bodas de ouro de terapia.

As pessoas mais megalômanas que conheci... não foram as megalômanas.

Estou no hospital, nada grave, bem tratada, mais uma vez. Mas escutei na UTI: "A dondoca vai passar o fim de semana aqui".

O exame de sangue de hoje é o mesmo da minha adolescência, isto é, um absurdo medieval! Eles vêm com um britador e eu tenho veia bailarina! Parece que já existe chip para o cérebro humano. No entanto, fiz um eletroencefalograma e me botaram uma pasta na cabeça, tipo cola, que, ah! Pra tirar, nem acetona! Não acreditei.

Miriam Leitão fala da terrível tortura que sofreu na ditadura e acrescenta que a resposta é: sobreviver!!! E, se for o caso, ter filhos e netos.

Como é bom ver filhos e netos de amigos aí, na mídia, ou fora da mídia, se realizando.

Bem, continuo no hospital.

A enfermeira-chefe: "A senhora NÃO tomou o seu remédio! Está aí, na sua mão!".

Eu: "É?!!! Olhando para a minha mão! Nossa! É... Está... É... Não acredito que tenha de tomar estes dois agora. Depois me entendo com minha médica".

Enfermeira-chefe: "A senhora já está com roupa para sair?".

Eu: "É?! (Sem jeito) É... Estou... Olha... Adorei essa minha estada aqui... Vocês foram, mesmo, muito gentis. Obrigada".
Enfermeira-chefe: "De nada. Este edredom é seu?".
"É", respondi.
Depois conto o resto. Sobre a minha evasão.

(grande pausa)

Estou hoje com peças em cartaz em três países. Uma, no Brasil, no Rio (*Boca molhada*...) outra na Argentina (*Intimidade indecente*) e uma outra na Alemanha (*Fala baixo*...). Mas não sinto que "cheguei lá". É claro que não! Mas sinto que "**cheguei ali!**" O que já está ótimo!

Mas bem no fundo de mim tem um lugar, lá, em que eu sinto que cheguei. (2014)

VANIA TOLEDO

13
PÍLULAS

Uma avalanche. Então, vamos lá. Até quando der.

Quando aconteceu aquele escândalo dos microfones, do governo Nixon, eu, naquela ingenuidade juvenil, pensei: "Ué, pra que tudo isso? Então não pode?!".

Mais recentemente, no caso do mensalão, eu, não mais tão ingênua assim, tive um primeiro impulso de pensar: "Ué, todo mundo faz. Então não pode?". Mas não pensei....

No dia da estreia de uma de minhas peças, há não muito tempo, toca o telefone. Era José Dirceu, de Brasília. Depois de anos exilado em Cuba, com nome e rosto mudados, ele era agora ministro da Casa Civil do governo Lula. Bom, e daí ele me liga. Espanto absoluto meu! Então, ele me diz que sentia muitíssimo, mas não poderia ir à minha estreia.

"Como?", pensei. "Eu não tinha convidado o José Dirceu!" Então ele me disse que não era o chefe do mensalão. Ele estava sendo acusado disso.

Mas daí me lembrei que Walter falou que talvez o convidasse porque gosta de apoiar as pessoas quando estão por baixo. "Quando estão por cima elas não precisam." Isso o Walter dizia sempre. Walter sabe o que faz. Nada grave não. Ele é do bem. Maquiavel só existiu um, se não me engano. E Walter é uma pessoa do bem.

Mas... o que dá mais trabalho é ter uma máscara, ser uma personagem. Pra ir se libertando da personagem... que difícil. Odete Lara falava que era como deixar cair as cascas. Tirando, rasgando, soltando, como cobra mudando de pele.

Mas, falando em namorados, nunca gostei tanto de um namorado de minha filha como do Hudson, que virou marido dela. E pai do nosso Ottinho lindo.

A sogra da Camila, Zezé, não é de São Paulo, é muito minha amiga. A gente se gosta. Ela é encantadora. É separada e agora tem namorado firme. Contei-lhe, e ela adorou, que a madrinha da Camila só foi ao batizado e nunca mais. Não é a minha sobrinha Clícia, claro, muito querida. É outra madrinha.

Mandei lhe um documento "DESTITUINDO-A" do posto de madrinha.

Ela deve estar no terapeuta até hoje.

Esse negócio de que, "na verdade, todos nós sabemos que cada um PODE FAZER DE TUDO É ANGUSTIANTE!". Não dá pra viver!

Se algum terapeuta disser: "Você quer que eu te iluda?! Eu responderei: Claro! Estou pagando para você me iludir!!!".

A encefalite herpética que tive, além de me deixar menos interessante, me presenteou como lembrança, às vezes, um pouco de insegurança para andar e uma bengala. A doutora Mônica me disse que isso passa. E eu fui aconselhada a comer coisas vermelhas para aumentar a imunidade.

Não tenho dúvidas de que o Contrato Social de Rousseau foi rompido. Já aconteceu outras vezes, qual é o problema? Tem que ser feito outro.

Leio no jornal que fulano de tal "FOI VENCIDO" pelo câncer, contra o qual lutou bravamente. Oras! Caramba! Eles acham que "TUDO NA VIDA É UMA LUTA DE BOXE!"

Na *Veja* de hoje saiu uma matéria sobre os absurdos surrealistas do Brasil. Tudo bem. No primeiro número de *Veja* eu saí, discretamente, com um vestido do Dener. Convivo com esses absurdos surrealistas há anos. Outro dia, fui a um centro espírita tomar passe. Eu disse para uma médium que não estava me sentindo muito bem, estava muito estranha... (eu achava que ia receber santo). Ela me indicou o pronto-socorro mais próximo.

Pois é. Quase recebi santo no pronto-socorro.

Maria Adelaide Amaral, que é religiosa, me disse que existe, sim, muito charlatanismo nessa área.

Acho que não é só no Brasil os absurdos. Vi, no Canadá, um homem absolutamente estarrecido, feito estátua, sem saber o que fazer, quando uma máquina quebrou.

O absurdo... Depende do ponto de vista.

Mais uma vez peço arrego a mim mesma. "Tudo" não dá.

AINDA SOBRE PERSONAGENS

Às vezes, fico pensando no caso da atriz Daniella, filha da autora Glória Perez. Fiquei com a impressão de que a assassina matou por ciúmes, não a Daniella, mas da personagem que ela vivia na novela. Diziam que Daniella era um encanto. Mas a personagem era arrogante, sedutora, insuportável. Bom, Rita Hayworth dizia que os homens dormiam com Gilda, personagem famosa representada por ela, e acordavam com Rita.

A gente tem que se defender, sim, da inveja e da crueldade. Minha vizinha querida, muito religiosa, diz que existe "inveja coletiva". Será que vem do inconsciente coletivo? E crueldade coletiva? As arenas dos romanos com os leões e os cristãos... Nossa!... As guerras? Pergunto. Pior, talvez, seja a crueldade embutida no cotidiano da gente. E bondade coletiva? Nunca vai ter? Se o movimento da vida for dialético, tem que ter. E se for "mero acaso" também. Não vale o que todas as religiões respondem sobre isso. Tem crianças que não deveriam crescer nunca. Mas tem outras que jamais deveriam ser crianças, deveriam já nascer adultas.

Percebo que uma pessoa, quando está registrando com a câmera um absurdo qualquer que vai acabar em morte, prefere, muitas vezes, filmar até o fim, até a morte, do que interferir no absurdo(!), evitando, assim, a morte.

No tempo da contracultura, fiz uma vez uma espécie de regressão de vidas passadas, que, na verdade, seriam "dicas" que o inconsciente mandaria para a gente. Numa encarnação, eu teria sido um primata, dominando toda a Terra. Só que na Terra... não tinha ninguém. Aí, numa outra, eu teria sido uma princesa egípcia, com duas filhinhas e bem mais feliz.

SEMANA AGRÍCOLA EM SÃO JOÃO
Para o desfile, preparou-se a Rainha da Uva, Rainha de Não Sei o Quê, e eu, Rainha do Nada. Vou até a diretoria da escola e sugiro que me coloquem como Rainha do Algodão, saindo de uma cornucópia, com o vestido de noiva da minha irmã, que era de tule. Nunca entendi o porquê, mas assim foi feito. Esta que vos escreve, cabelo e maquiagem feitos, acenos e beijinhos, foi o carro mais bonito mesmo. Eu tinha 14 anos.

CRIAÇÕES
A joalheira Vi Leard foi numa festa na casa do escritor Jorginho Cunha Lima com um colar tipo… "barbante criativo". Achei lindo. Resolvi fazer um inspirado naquele e coloquei-o. Minha cozinheira Leia me perguntou:

"Por que a senhora está com esse barbante pendurado no pescoço, dona Leila?".

Me aguardem.

Pensando no colar de barbante, lembrei-me da joalheira Miriam Mamber. Sou amiga dela e da Fátima também. Miriam vai sempre à Feira de Antiguidades do Mube. Fátima tem um *stand* fixo lá. Eu adoro essa feira! Vou todos os domingos. A filha da joalheira Ruth Griecco, que também frequenta o Mube, é formada em gemologia pela USP. Que bonito!

Gosto de ir ao meu querido Clube Harmonia para fazer os cabelos e me distrair. As meninas que fazem os cabelos são sábias. Salão de cabeleireiro é o "botequim" das mulheres. *Spa* também. Tem muita gente que sabe disso. Escrevi *Intimidade indecente,* num *spa* no Guarujá.

LEMBRANÇAS PERDIDAS
Lembrei-me, agora, de que tinha gravações inteiras do Samuel Wainer me contando, carinhoso, como ia ser a coluna dele do dia seguinte. Joguei fora. Não acredito! Na hora, já falei, você não percebe. Que pena… Era tão bonito.

Tenho outras lembranças preciosas que se foram assim também. E algumas eu conservei.

Verdade.

Carmelinda Guimarães me ligou, impactada com minha última peça, ainda inédita: *Dias de felicidade*. Antes: *Estou louca para…* Me falou, entre outras coisas gostosas de escutar, que eu escrevo com a verdade. Não sei se isso é coisa minha, não. Acho que é coisa do teatro.

Se você começa com mentira, a verdade vai aflorando, até virar epílogo.

Nosso motorista, Sérgio, me falou que não sai do armário. Quem estiver interessado que entre no armário junto com ele.

Eu falava chofer, e não motorista. Mas isso é coisa de lá atrás, do chofer da tia Cacau, do Dener e de suas clientes.

Um grupo carioca estava se preparando para montar um espetáculo grandioso que era um mergulho no meu universo. Fiquei envaidecida e tocada. Mas nada aconteceu.

JARDIM
Todas as noites rego, com cuidado, a minha loucura. E todas as manhãs ela desabrocha, linda como uma flor. Normal.

HUMOR
Por falar em clube, lembrei-me agora do Boteco do Bepão, na esquina da rua onde eu morava, em Botucatu. O boteco da esquina, coisa que eu sinto falta aqui em São Paulo, no meu bairro. Meu pai ia bebericar seus drinques no boteco até que a minha mãe proibiu o dono de vender bebida para ele. Então, o seu Bepão combinou com o meu pai que na conta do fim do mês, que era mandada para casa, se escrevesse "bom-bocado", em vez de gin.

Aí, no fim do mês, chegada à conta, estava escrito: "Uma dose de bom-bocado. Duas doses de bom-bocado". Gargalhada geral. O alcoolismo tem também momentos muitíssimo engraçados.

Fui informada de que logo não iremos mais fazer assinatura, mas sim, como precaução, apertar o dedão com a impressão digital. Maravilha! Voltamos todos a ser analfabetos!

Já me flagrei em momentos muito, muito agradáveis, "sendo feliz".

A velhice, às vezes, me dá um sentimento confortável de "chegança".

Existem almas que vão sendo lapidadas e, no final, não se integram, simplesmente, ao Deus. Elas é que constroem O DEUS.

Gosto do final da *Kuka de Kamaiorá*: "Quero ser a primeira faísca entre duas pedras de lascar".

VANIA TOLEDO

14

DONA ANTONIETTA, MONTEIRO LOBATO E WALT DISNEY

O que tem um a ver com o outro?
Bom, vamos por partes.

Dona Antonietta Torres de Almeida Assumpção é minha sagrada mãe, de família antiga de Botucatu, cidade de intelectuais, muitos sagrados professores. Isso no tempo em que as pessoas ainda não tinham horror das coisas "AO VIVO". Intelectuais quase a família inteira. A mãe dela era professora e poeta e a avó fundou a primeira escola de Botucatu. Foi tirar diploma de professora, em São Paulo, diz a lenda, "a cavalo". Isso depois de ser sinhazinha de terras, ter ficado viúva e não saber administrar o patrimônio. No "a cavalo", imagino, com licença poética, com cabelos soltos ao vento... Lembro-me dela, bem velhinha, falando do Fernão Dias Paes (Leme), com muita intimidade, assim, meio irritada: "Ele nunca foi matador de índios!".

OS LINDOS ANÉIS DAS VOVÓS

A prima Jane tem o anel de formatura de professora dessa lendária bisavó Mariquinha (Maria Eliza Galvão). Que o deixou para a filha, nossa avó também professora, Cymodocea Galvão da Rocha Torres, que o deixou para a filha professora Maura Torres de Castro, que o deixou para a Jane.

De esmeralda com brilhantes.

O da minha mãe também é assim, e tem uma história interessante.

Certa vez, passando por dificuldades, minha mãe penhorou o anel dela com um joalheiro conhecido de Botucatu. Minha tia Cacau, sabendo do fato, comprou o anel, escondido. Quando minha irmã Tamar se formou professora, minha tia Cacau deu o precioso anel da mamãe para ela. Foi muito bonito. Bom, quando a Camila fez 15 anos me doeu não ter nenhuma joia de família para dar a ela. Aí surge tia Mariliza e dá à minha filha Camilinha um lindo anel de esmeraldas e brilhantes, dizendo que minha mãe o havia empenhado; tia Mariliza o resgatou, aquela história já conhecida. Surpresa geral. Mais tarde ficamos sabendo, pela prima Lourdinha Peduti, que o joalheiro mal-intencionado havia mostrado aquele anel para a tia Mariliza, dizendo ser o da minha mãe. E tia Mariliza, sempre linda, o havia comprado. Para a Camila, não fez diferença; era o anel da vovó Antonietta, agora transformado num belo pingente.

Para mim foi traquinagem da minha mãe, lá de onde ela está, para fazer com que a minha filha tivesse também ela, nos seus 15 anos, a sua joia de família.

Bom, minha mãe era assim, tipo altiva, de Botucatu-upon--Avon. Também era professora e escritora, tendo livro didático publicado com prefácio da "senhora Leandro Dupré", como se usava na época. Chamava *Meu livrinho de ouro*. A menina heroína desse livro era esta indefesa aqui, Leilá, meu apelido que eu mesma coloquei, e depois coloquei o agá (já falei que fui batizada de Maria de Lourdes?). As personagens tinham nomes de todas as crianças da família. Minha mãe também tinha contos publicados na revista *Alterosa*. Um adendo: ela escrevia "moderno". Meu pai tinha muuuito humor, mas, a meu ver, era ela quem escrevia melhor. Olhar de menina, né? Só estou ousando revelar isso hoje! Naquele tempo, ela ia ao Rio de Janeiro tratar dessas coisas, e a São Paulo, onde se reunia com outros intelectuais. Raramente, mas ia. Na livraria famosa por essas reuniões: Livraria Teixeira, na rua Marconi.

Minha mãe, certo dia, foi levar tia Mariliza ao hospital e, de lá, deu um pulo à livraria, levando junto a filha de Mariliza, prima Sonia, bem menina. Sonia só se recorda de uma mão enooooorme apertando a dela. Era o Lobato. Lembrei-me de quando conheci Nelson Rodrigues. Eu já era beeeeem crescidinha, claro, mas na debutância da dramaturgia ainda. Isso, no Rio. E ele me disse: "Deus te abençoe".

Outro dia, alguém comentou o seguinte: Ziembinski havia falado que ajudou Nelson a escrever o segundo ato de *Vestido de noiva*. Bom, o autor não deve ter gostado, claro. Aliás, parece que já está na história que ele não gostou. Mas, pelo jeito, sempre vai ter disso.

Naquela livraria famosa, a Teixeira, muito tempo depois, lancei um livro com três de minhas primeiras peças, prefaciada pelo crítico Sábato Magaldi. *Da fala ao grito*. Presente no evento, ele e a escritora Edla van Steen, que mais tarde se casou com ele e viveram juntos e felizes muitos e muitos anos.

O evento foi coberto pelo jornalista "Meninão", também Assumpção. E, surpresa simpática, recebi uma carta muito emocionada de um octogenário amigo de minha família de Tietê, onde nasceu meu pai, professor Salvador de Almeida Assumpção. Meu pai era um grande matemático, um sábio, aquelas coisas.

Por muito tempo, alguns políticos da época vieram me dizer que tiveram preciosas aulas com meu pai e que isso tinha definido o rumo de suas vidas.

Acabei entrando na Academia Brasileira de Letras de Botucatu-upon-Avon só para agradar meu pai. Essa não era a minha intenção; eu estava muito sem jeito no evento. Aí, no meio dos cantos de cetim azul de "salve Botucatu", um senhorzinho, beeeeem velhinho, se aproximou e me cochichou: "Leilah, quando você estiver com seu pai, diga-lhe que Zezinho do Violino lhe mandou um abraço. No cinema mudo, eu tocava violino ao lado dele; ele no piano".

Bom, abri numa choradeira, com soluços, e a plateia junto.

A mãe do meu pai, vovó Cancianila, era compositora, como já disse. O pai dele nasceu "naquela primeira casinha branca depois da segunda mangueira". Não é lindo? Essa história toda está num caderno com um bisneto que leva o nome do pai do meu pai: Gustavo Assumpção, meu avô. Esse caderno tem muito valor afetivo.

Sobre a família tem muita coisa pra contar, mas acho que já está bom.

Ah! Tem uma árvore genealógica, escrita pelo tio do meu pai, Isaú de Almeida Morais, de Itapetininga. Só prestei atenção porque Isaú era irmão da mãe do meu pai.

Ah! Tem um tio da minha mãe, de Porto Feliz, músico, cujo piano foi "o primeiro piano de cauda a subir a serra". Está, hoje, num museu do Rio.

Lembro-me, também, de um tio-avô, não sei de que lado, que era "um excelente balconista".

Uma tia-avó que era excelente dona de casa, extremada mãe de família, exemplar, excelsa e outros elogios mais do que merecidos mesmo, sem ironia. Acho que era a mãe do tio Esaú, não estou bem certa.

Minha mãe e as irmãs iam muitas noites ao Cine Cassino de Botucatu assistir, de graça, porque o cinema era do meu tio Emílio Peduti, aqueles filmes, ai! "Proibidíssimos". E deixavam minhas primas e eu, ali, brincando na saída, crianças, muito antes, muitíííííííííííssimo antes, da nossa menopausa. Uma menina, eu, segredo, espiava atrás das cortinas de veludo. Então vi *Sansão e Dalila, Bacanais gregos* e outros. (Ah! Isso não dá um filme?)

E essa menina sai de lá, de trás das cortinas, fascinada e transcende, não mais o filme, que isso já foi feito, transcende DEPOIS do filme, para um... outro mundo... ah! Isso já não é mais meu. Transcendeu demais.

Mais uma coisa. Tenho um primo-irmão, por parte de mãe, Júnior Torres de Castro (o irmão da Jane), que construiu um satélite, o Dover, o único particular, que roda pelos céus até hoje. Bom, essa história aqui é minha. Ele que deixe de fazer satélites e escreva a dele. Seu irmão, Régis, era dono de uma emissora de televisão religiosa e escreveu vários e vários livros nessa orientação. Vendeu demais. Falava outras línguas. Hoje não sei. Falava que "Jesus me amava exatamente do jeitinho que eu era".

Um dia, um tio meu disse que "na casa da tia Cau, as primas sentavam no sofá, bem comportadinhas, enquanto eu me estendia sobre o tapete peludo, feito uma gata". Esse tio era o mais novo de todas as várias tias, um temporão, que eu adorava. Tanto ele como a história dele.

Ele estava num ônibus, vindo para São Paulo, visitar a noiva. Sentou-se ao lado de um moço, que também ia visitar a noiva.

(pausa)

As noivas estão esperando até hoje.
Eles eram tio Francisco e Noel.
Foram muito felizes juntos.
Para sempre.
(Também dá filme.)

(pausa)

Foi esse moço, um tio torto, o Noel, que, mais tarde, me levou ao Dener para ser manequim.
Esse casal de tios meus teve muita importância na minha adolescência, quando eu ia de São João a São Paulo, e depois de Campinas a São Paulo. Me iniciaram em muita coisa: teatro, cinema, música, moda, boates, leituras. Claro, eram mais abertos do que as tias Torres.

Ah! Quero, também, contar para vocês a história da tia Pedrinha, irmã da vovó. Uma morava ao lado da outra, mas NUNCA tinham ido uma na casa da outra. Falavam-se só por telefone.
Tia Cacau, um dia, eu ainda criança, me disse que o marido e os filhos JAMAIS tinham permitido que ela dirigisse. Tinham muito cuidado com ela. Eu era criança mesmo, mas achei aquilo tão, tão estranho.

Volto, rapidamente, para um almoço aqui, no meu clube, com alguns homens: Walter, meu então marido, Horácio, um amigo, num almoço de negócios, me incluindo. Altos negócios. Quando acabou, eles se levantaram e Horácio me disse que eu podia pagar a conta. Lígia Freitas Vale, que viu isso, ficou horrorizada com a falta de cavalheirismo.

Eu!? Fiquei absolutamente desvanecida, porque tinha sido tratada por aqueles senhores... como uma IGUAL... Meu Deus! Horácio está aí de prova. Aconteceu mesmo.

Nós adorávamos tia Pedrinha. Ela cuidava da Maria, que nascera excepcional para baixo. A gente ia lá, Maria falava, meiga: "Você veio ver a Maria? Você gosta da Maria?". A gente dizia que sim. Ela falava: "Então, espera um pouco". Corria até o quintal, pegava lenha da mais felpuda e corria atrás da gente para bater. Uau! Bater de verdade. "Ai! Que correria!" Pois acreditem! Todos se foram e... Maria, não!!! Está num hospital especializado, correndo atrás das enfermeiras para bater de lenha. Essa sabe o que quer.

Continuo. Minha sogra, chiquetéééééérrrrrima, de Viena, contava que seu filho havia casado com uma "nativa". Eu ria; isso me lembrava as nativas dos filmes de *cowboy* americanos da década de 1950. Um dia eu disse a ela que havia falado o tupi-guarani até os 21 anos. Ah! Tudo é mesmo relativo.
Sou a décima quinta neta da nativa, índia Bartira (filha do Cacique Tibiriçá) com o português João Ramalho. Foi o primeiro casamento civil do Brasil. Eles tiveram uma filha, Joana Ramalho, e dela nós descendemos. Está tudo lá na nossa árvore genealógica.

MEU LINDO PAI
Meu pai era um alcoólatra de-fi-ni-ti-vo. Haja! Quem entende disso sabe. E, sóbrio, não havia ninguém mais encantador. É sempre assim. Quando morei no pensionato da Nádia, não mais de freiras, onde toda a esquerda jovem da época morava, em 1960 e tantos, ele vinha me visitar. Sempre. O único pai a fazer isso. Agora, tinha virado mesmo pai-mãe. As meninas

vinham de seus quartos para escutá-lo. Ele falava para a idade delas, dava conselhos ou desconselhos. Era adorado!

Como isso foi importante na minha vida.

Esse pensionato tem histórias mesmo! Minha primeira peça, mal-ajambrada, foi de lá: *Vejo um vulto na janela, me acudam que eu sou donzela.* Como já falei, é sobre o golpe de 1964(!). Não consertei, não, para não perder o frescor. Só, depois, acrescentei alguns itens.

A amiga Ruth Tegon morou lá também logo depois que se separou do marido, em Campinas. Isso, antes de se casar com Marco Moro. Moro tinha sido aluno do meu pai. Quando voltei da viagem que fiz à Europa, em 1972, liguei para Ruth. Notei que estava estranha. Desligou logo. Me disseram depois que, naquele exato momento, ela estava fugindo do Brasil com o Marco. Os dois eram militantes de esquerda. E, exilados em Bruxelas, trabalharam em várias coisas pesadas até conseguirem fazer algo condizente com a formação e o conhecimento que tinham. Voltaram com a anistia, em 1979, e aí fizeram e fazem política aqui no Brasil até hoje. A Ruth me falou da dor do exílio. E a vitória da solidão de quem ficou. E eu observei a extrema alienação de quem se alienou.

VOLTANDO...
Tenho um outro relato sobre mim e Vitória, que não é político, é divertido; vou contar agora.

Um dia nós duas, anos antes disso tudo, saindo do pensionato, tomamos um táxi até a via Dutra. De lá fomos de carona até o Rio, onde assistimos a um desfile de escola de samba na avenida. Tudo no pé, sem carros alegóricos. Aquela primeira batida foi das MAIORES emoções da minha vida inteira. Isso foi antes da contracultura e do movimento hippie? Vi isso?! É pré-história, caramba!

Nas caronas, o que mais nos perguntavam era: "Cadê os pais de vocês?". Ficamos hospedadas no Copa. Não, não era o Copacabana Palace. Era quase. Era o hotelzinho mixuruca: "Copalinda".

A POMBINHA FRUFRU

Voltando ao estranho trio lá do título, na livraria famosa, minha mãe acabou conhecendo Monteiro Lobato. Houve uma simpatia entre os dois. Ele leu dois romances dela, deu conselhos bons e ruins, segundo minhas tias. Imagino que, para ele, ela deveria ser a dona Antonietinha de Botucatu, ainda não upon--Avon. No mínimo, uma "fora de época", penso eu.

Um dia, acreditem, ela mandou, com ilustração profissional e tudo, um texto criado por ela para ser animado por Walt Disney. Era "A pombinha Frufru".

Ela mandou para Walt Disney, em Hollywood, é isso mesmo, a danada.

E veio a resposta! Tinham gostado muito da pombinha e tudo mais, porém Disney só trabalhava com criadores da casa.

Imagino as datas de tudo isso! E eu, a caçula, onde estava? Cinco anos? Das últimas cartas que Monteiro Lobato mandou, uma foi para minha mãe, sabendo que ia morrer. Um historiador de Lobato me pediu essa carta que meu pai tinha colocado atrás do retrato do escritor, na parede. Meu pai era um homem aberto, mas um dia, em que me viu escrevendo de madrugada, resmungou um pouquinho irritado: "Igual à mãe".

Mas depois que estreei a minha primeira peça, ele estudou tudo sobre esse ser humano que é a mulher. Eu vi, também, na biblioteca dele, um livro anterior, sobre a mulher. De 1950 mais ou menos.

O historiador me falou muito sobre a tal carta; Lobato tinha muito carinho por minha mãe. A carta está nos meus guardados; qualquer hora acho.

(pequena pausa)

NEM PENSAR que a minha sacrossanta MÃE teve algum flertezinho sequer com aquele senhor-escritor!
Mas claro que li toda a obra dele! Que maravilha! Preencheu toda a minha infância!
Imagine falar, agora, como estão falando, que ele era preconceituoso com a tia Anastácia e... caramba! Parem com isso! Daqui a pouco até o Partido Verde vai reclamar sobre o Visconde de Sabugosa!
Mais tarde, muito curiosa, li Bernard Shaw, retirado da biblioteca do meu irmão. Gostei! Foi o primeiro. Li, também, Freud – como contei para o professor – com E e U, no primário ou no secundário. Só sei que ele riu e não entendi por quê. Assim fui indo. Dei uma olhada também em *O átomo*. Às vezes, não compreendia nada, parava, mas lia um pouco, embora a coisa me parecesse grego.

Madonna disse, numa entrevista, que nunca entendeu por que a mãe dela morreu. Nem eu entendi por que a minha se foi. Tão cedo! Não deu tempo de desmistificá-la. Minha mãe me levava com minhas amiguinhas para fazermos piquenique à beira do rio. E estendia a toalha branca, de algodão, ou linho, bordada à mão, na relva.

(pausa)

Estou sentindo, agora, até o cheiro dessa toalha de algodão. Bordada à mão. Estendida na relva...

Marília Gabriela também perdeu a mãe com essa idade. Mas essa história é dela. Irene Ravache perdeu a dela quando já era adulta, com Alzheimer, mas era muito confortável abraçar a mãe e sentir seu cheiro, me disse. Será que a mãe também sentia o cheiro da filha? Bom, de novo, a mãe não é minha.

Voltemos àquela que me deu à luz. Essas coisas mexem comigo. Um dos romances que ela escreveu chamava-se: *As emparedadas*. E por aí vai... (Minha irmã é que conta.)

Meu único irmão morreu há pouco tempo. Ele era lindíssimo! Era mais do que superdotado mesmo. Meu ídolo. O único que a gente brincava de "encostar a língua". Um dia, ele "deixou escapar", digamos assim, um tiro na cabeça dele mesmo. Isto é, bêbado, se deu um tiro na testa.

Não morreu, mas ficou menos superdotado. Mas, a meu ver, menos angustiado também. Isso foi um trauma na família inteira. Até hoje. Na Politécnica, ele e a mulher formavam o "casal perfeito". Depois conto outras dores da família.

Fora os meus dramas fundos, muitas vezes tive sorte na vida. Mas, quando a sorte chegou, estava tudo absolutamente preparado para recebê-la.

A genialidade na nossa família nem sempre foi ótima. Por isso eu sou tão normalzinha e igual a todo mundo. Tive um sobrinho que, pequenininho, começou a rodar o carrinho com o pé! Foi aquela alegria geral. Daí ele começou a dar marcha ré... e foi aquele desconforto geral... ah!... "menas", menos... Pois ele cresceu e deu certo! E multiplicou, como se deve. Ah! Quantos que deram certo! Quantos! Multiplicaram e assim vai. Tem quem não multiplicou e assim vai. Walter e eu multiplicamos e veio nossa amada Camila, que é, assim, meio Julia Roberts com Ingrid Bergman. Só.

Sempre me perguntam: "E você, que tipo era?". Respondo: "Todos! Quando eu estava no 'meu melhor' visual e outros, era ótimo. Também já conheci 'meu pior' visual e outros".

No "meu melhor", estive duas vezes com Vinicius de Moraes. Uma, eu estava com Dener no trem noturno para o Rio, onde ia desfilar a deslumbrante roupa do Dener. Na outra, estava com Samuel Wainer. Samuel não estava mais no seu apogeu, mas continuava um homem de grande *glamour*.

Vinicius disse que eu era bonita. Fiquei sem jeito. Mas fiquei feliz.

Ruth Escobar me apresentou ao grande ator shakespeariano Laurence Olivier, em Londres. Ela lhe falou que eu era dramaturga. Ele disse, absolutamente desinteressado: "Muito bonita para ser dramaturga". E continuou, desinteressado, a conversa com Ruth. Me senti humilhada. Atorzinho de merda! Me desqualificando como dramaturga.

Minha filha tem amigos no mundo inteiro. De viagens, de estudos, até na Mongólia. Ela fez FGV aqui e pós-graduação em Londres em Antropologia. Outro dia, uma de suas amigas de Londres ligou. Atendi. Ela perguntou da Camila e eu disse, assim, sem mais: "*Do you like marijuana?*". Camila perguntou-me, espantada, por que havia falado aquilo. Ela sabia que essa nunca foi a minha! Respondi: "É a única frase que, hoje, eu sei falar em inglês, filha". Já deu pra perceber que cansei, né? Fim.

Ontem, me veio a inspiração e chamei alguém de: "Merda requentada alegoria". Valeu.

Já bebi. Hoje bebo só champanhe sem álcool e sem açúcar.

Deixar de fumar foi muito mais difícil do que deixar de beber. Não sou alcoólatra, mas fui fumólatra. Um dia, depois de passar a noite escrevendo, eu desci do meu apê na rua General Jardim, onde eu morava sozinha, como já falei, e fui comprar cigarros. O dono do bar disse: "Leilah, você comprou um pacote ontem à noite".

Talvez, um dia, eu chegue a ter filhos, pensava eu. E não quero que filho meu já nasça fumando. Então...

Fiz um contrato com um grupo de terapia que iria ficar UM DIA sem fumar.

Não aguentei. Fumei um cigarro. Fiz outro contrato. Consegui. Depois, fiz contrato pra ficar DOIS DIAS sem fumar. Consegui. E assim foi indo.

Dei um ponto na orelha para inibir a vontade de fumar.

Comecei a encher os pulmões de ar para dar a impressão de que tragava. Ficava sempre com alguma coisa na boca, à guisa do seio materno.

Me defendi dos inimigos que queriam companhia para o vício ou simplesmente não queriam me ver bem.

Hoje não tenho muitos vícios, mas crio muito. Demais.

Não ia contar, mas CONTO. Acabei de escrever este continho. O computador apagou inteiro.

Chamei a enfermeirinha Daisy pra me ajudar. Ela mexeu em tudo, e nada.

Falei: "Acende uma vela aí".

"Mas...", ela respondeu.

"Acende, já falei", eu disse de novo, delicadamente.

Ela acendeu a vela. O computador voltou a funcionar.

Conto todos os lados, mesmo. Todos. E tomo um remédio, novo, da alopatia, que "regula" a criatividade. Não contém, regula só. Tarja ameaçadora. E daí? Deixa vir. É a dramaturgia. Conto mesmo.

Os mistérios só servem para esconder o pouco que os misteriosos sabem. Já a discrição, o não exibicionismo, o *low profile*, é outra coisa.

Minha mãe estava doente, com câncer no seio, na casa da minha avó, na avenida Dom Lúcio, em Botucatu. Só soube depois. Ela com 42 anos. Eu, com 13. Fiz uma poesia e fui lá mostrar-lhe, como sempre. Depois pretendia dar a poesia para ser dita na rádio da cidade, no Dia das Mães.

Quando disse o título – *Órfão* –, ela não quis mais escutar. Fiquei chateada. Aqui vai:

Deus, eu vivo sozinho no mundo,
sem mãe, sem pai, um órfão sou eu.
E sinto um amor tão grande, profundo
por minha mãezinha, que já morreu.

É hoje, meu Deus, um dia feliz.
Um dia especial, da mãe, da vovó.
E quem não tem mãe, só ele é quem diz
quão triste é ser órfão, quão triste é ser só.

No dia das mães, os filhos bondosos
dão belos presentes, presentes tão caros.
Tão maravilhosos
para suas mãezinhas, presentes tão raros.

E eu, meu Jesus, não tenho tostão
para comprar coisas pra quem já morreu.
Queria tanto dar-lhe o meu coração,

mas ele é minha vida, por isso é só seu.

Então ofereço pequenina vela
à mamãe que era tão alegre, se ria.
Também ofereço, tão simples, mas bela
à minha mãezinha, esta ave-maria

(daí entra, na rádio, a *Ave-maria* cantada)

Uma semana depois, minha mãe morreu.

Eu consegui falar isso para um terapeuta, uma vez. Choramos os dois.

VANIA TOLEDO

15
PERCEPÇÕES DE 2014-2019

Quando estiver mais forte, logo vou liberar as enfermeirinhas. Independência é ótimo. Não sei se vou publicar este livro. Nossa! Como foi rápido! Eu tinha três crônicas, ou contos. Daí escrevi os outros. Aí não foi mais tão rápido: demorou.

Antes de continuar, vou colocar aqui algumas percepções esquisitas que nada têm de divinas. São apenas esquisitas. Assim as chamo. Consegui me comunicar com pessoas assim também. Ainda bem. A palavra Deus foi vilipendiada DEMAIS. Usaram e abusaram. Trucidaram-na. Li Adélia Prado, dizendo que ela tem comunicação com o sagrado e achei LINDO! Uso também. Minha terapeuta perguntou como é esse sagrado. Disse-lhe: "Não tenho a menor ideia". Pedi-lhe que perguntasse para a Adélia Prado.

Como tenho formação da USP e outras mais, inclusive das minhas amigas "bichas malditas" da década de 1970, já estou escutando elas falarem: "Olha aí a outra etc. e tal". Elas foram de grande inteligência. E malvadeza também. Mas tinha bicha maldita do bem. Homossexuais bons e ruins. Não héteros do bem e do mal e heterossexuais "que ainda não saíram do armário", de toda a espécie. E héteros mesmo, de todo jeito.

Ah! Já estou escutando alguém falar que "todos os caminhos levam a Deus". Proibi minha irmã religiosa de falar isso, porque as frases populares são sábias, mas DESQUALIFICAM TUDO. Jogam na vala comum. Não são todos os caminhos, não, minha irmã! E sabemos disso. Essas pessoas com as quais consegui me comunicar foram um conforto na minha vida. Um conforto descobrir que tem mais gente "esquisita" no mundo como eu.

Nunca fui de nenhuma seita secreta, nunca mitifiquei as minhas coisas, mas, na minha idade, tem coisa que temos que respeitar. E ter responsabilidade.

Respeitar e se cuidar, porque o momento parece muiiitoooo mais do que estranho, digamos assim. Nunca li *Zaratustra* e não acho que o mundo vai acabar, mas que estamos mudando de seres... Parece, não é? De seres humanos vamos desembocar NO QUÊ? Li outro dia que esse momento da espécie humana está parecido com o longo momento da pré-história quando, então, os animais pré-históricos começaram a acabar. E se, de seres humanos, a gente não virar... absolutamente NADA?

Fica quieta, Jezebel!

Salpicando a minha memória, na minissérie *Avenida Paulista,* de 1983, que escrevi para a TV Globo, falei para a deslumbrante Dina Sfat, numa cena erótica, que ela devia fazer assim, assim e assado. Ela respondeu: "Está louca, Leilah?! Eu fico parada, Avancini, o diretor, é que faz o erótico!". O grande Walter Avancini é quem dirigia o seriado. Logo depois li que a atriz francesa Catherine Deneuve disse que no filme *A bela da tarde* o diretor Buñuel mandou-a falar mais de-va-gar. Apenas isso.

(pausa)

Sempre achei que Deneuve tinha e tem "cara de enjoada".

Voltando às esquisitices. Hoje não acho mais nada. Mas, se a gente der uma lida rápida nos jornais e acontecimentos, não na internet – para minha geração, internet é o *Admirável mundo novo,* de Huxley. Não leio nem sobre mim mesma porque me assusta. É claro que nunca tive celular, porque, se tocar, eu não atendo. Só isso. Mas que as pessoas estão pirando, estão! Fala a verdade! Será que pronto? Acabou? Não sei. Mas, por hoje, chega. Vou dormir.

Junho, Copa do Mundo – 2014.
Copa-Dor.
Alemanha 7, Brasil 1.
O coração do brasileiro desmoronou.

Walter me falou, sobre mim, que não aguentava mais tanta "criatividade!". Eu também não.

A alma da minha amiga Luana, já comentada aqui, o corpo mais lindo que nós todas já vimos, não era branca. Mas também não era só preta. Era pretíssima. Último tom. Por isso quando alguém fala, aqui, aquele "moreno", eu digo: "Não enche!". Nada de moreno, de horizontal, nem nada. Quero saber se é negro, loiro, japonês. Perdi a paciência.

Não, não perdi, não. Uma vez, Alcides Nogueira me contou uma história sobre uma tia antiga, quatrocentona, diferenciada e ousada: "É minha avó", falei. Jorge Andrade, o dramaturgo dos quatrocentões, ao lado, se entusiasmou inteiro. "Jorge, a avó é minha!", avisei. "Toma cuidado!"

Quando comecei no século passado, a comediante Dercy Gonçalves comentou algo sobre mim: "Eu falei palavrão a vida inteira! Agora, 'a outra' chega, escreve palavrão e é chamada de intelectual? Ganha prêmio e tudo?".

Aquela tia chique, já comentada aqui, tia Cacau, quando era a primeira-dama de Botucatu-upon-Avon, vinha, escondido, ver Dercy, aqui em São Paulo, com a prima Sonia. Danada, ela!

Uma confidência secretíssima. Pessoas famosas têm hora em que são heróis. Mas há momentos em que não são mais heróis. Samuel Wainer me contou, um dia, que a Danuza Leão, sua então mulher amada, queria um casaco de peles assim e assado. E saíram, os dois, num conversível, assim, assim, assado (ele adorava contar coisas dela). Aí, escutaram alguém xingar um palavrão pra lá de cabeludo!!! Voltaram correndo para casa. Foi ele que falou, não sei se foi "licença poética", charme ou não. Toda pessoa que era amiga de político os outros chamavam, no mínimo, de "ladrão". Acho que até hoje. Ele ria muito dessa história. Samuel foi um homem que morreu pobre. Mas sempre cercado do mais refinado *glamour*.

Ele me disse que a filha dele, a Pink, o havia alertado para que tomasse cuidado comigo. Contei isso a Pink. Ela respondeu: "Sei que você adoraria que eu tivesse dito isso, Leilah, mas não disse, não!". Ela não é ótima? Ele me contava coisas tão diferenciadas e que não eram licença poética.

Um dia me falou sobre uma fotografia onde ele estava de um lado, no meio estava o líder chinês Mao Tsé-tung e do outro lado a Danuza. Danuza, então, cortou-o da foto e só ficaram ela e Mao. E mostrava assim. Samuel adorava e morriiiia de rir. Não sei se é verdade. Aí, já é fofoca, vou tirar. Pode não ser verdade, mas que o ser humano acaba fazendo essas coisas acaba. E é sempre muito engraçado.

E eu contava coisas tão absurdas, surrealistas, e ele se divertia! Eu não sabia o porquê. Hoje vejo que foi um romance mesmo. Ah! Não foi só uma sedução de personagens, não, como o Walter definia a frescura entre dois famosos. Foi afeto. Isso antes de conhecer o Walter.

Uma vez, em 1978, na estreia da minha primeira peça escrita (de 1964, *Vejo um vulto...*), ele levou alguns políticos amigos. Estreou mais ou menos bem. Mas alguns, não os políticos, acharam que eu não deveria ter deixado montar, tão principiante eu era em 1964. Mas a maioria havia me aconselhado a deixar, porque retratava a juventude de uma época importante. Assim fiz. E publiquei também. Foi ótimo. E a diretora Maria Letícia fez aquele filme dela, juvenil: *Brasil, 1º de abril*. A atriz Rosamaria Murtinho, que fazia a Mariangélica, ganhou o prêmio de melhor atriz no Festival de Cinema de Gramado.

Um dia, o jornalista Paulo Francis, para surpresa minha, me ligou dizendo que o Samuel havia falado muito de mim, tinha dado o meu telefone etc. Conversamos um tanto, foi agradável, desligamos. E nunca mais.

SEDUÇÃO DE AMIGOS E DE PERSONAGENS

Sobre sedução de personagens, o Walter primeiro falou que foi isso aí a minha relação com o Samuel Wainer, lá atrás, quando solteira.

E ali, em 1984, com o Marcos Freire, disse ele que era frescura. Não, foi afeto mesmo, mas de amigos. Eu nunca traí. Afeto também com a mulher do Marcos, a Carolina! Como eu gostava de estar com ela. Com a família inteira! Como a gente se gostava, aquele pessoal de Olinda.

Comprei, na feirinha de antiguidades, uma floreira *art nouveau* onde aparece uma mocinha carregando, ao invés de flores, alguns colares de pérolas, que eu coloquei caindo da floreira. Colares que comprei da Fátima, do Mube. Pérolas barrocas de água doce, esborrachadas, de vários tamanhos e tons. Ficou lindo! Adoro fazer essas coisas, me refrescam a cabeça.

Sempre colecionei sabonetinhos e xampuzinhos dos principais hotéis que visitamos no mundo inteiro. Mania desde que Camila era criança. Coloquei aqui no banheiro, numa bacia de prata. O arquiteto Felippe Crescenti ficou puto!!! Ele era "o criador" aqui. Bati o pé.

Ah! Ah! Estão lá. Tem até... da Capadócia. Que coisa gostosa! Papéis de carta, também colecionei. Ah! Que prazer ter conservado essas bobagens. Camilinha trouxe para mim uma lembrancinha. Uma estatuazinha de Genghis Khan. Da Mongólia? Tá bom?

Há algum tempo a Camila me disse que leu uma entrevista com a Odete (Lara), em que ela, a Odete, achava que havia quebrado o tabu do sexo. Agora faltava o outro tabu para quebrar, o da morte. Minha filha nos falou que gostaria de trabalhar com esse tema, na internet talvez. Foi um desconforto geral. Ninguém gostou da ideia.

(Eu, achei... achei um "achado!".) Há algum tempo... ela começou um *blog* na *Folha de S. Paulo*, *Morte sem tabu*. Com enooorme aceitação! O *blog* é uma maravilha, profundo e, mais uma vez, eu me encanto com ela...

Tá bom, chega, parou... O rei Felipe VI assumiu a coroa da Espanha. A rainha Letícia, antes, a maior jornalista da Espanha, assumiu, também, muito feliz, alegre e responsável. Letícia se casou com nariz de jornalista, que agora, retocado, a deixou belíssima. Deu sorte. Fiz algumas pequenas plásticas. Uma ou outra deu meio certo. Outras não.

Marta Suplicy me contou que a história dela com o Márcio Toledo começou de forma linda... Ele ligou, convidando-a pra um jantar, na casa dele. Ela ficou assim, meio "Ai! Tenho que ir a esses jantares". Quando chegou lá, não tinha ninguém. Só ela. Ele falou que o jantar era só para ela. Ela era separada. Ele também. Márcio era seu grande admirador, há muito tempo... e aí jantaram, só os dois e conversaram a noite inteira, e só. No dia seguinte ele teve que viajar e continuaram o romance por e-mails. E aí foi indo...

Chico Buarque, finalmente, por causa da política, não é mais aquela coisa "SACAL" de unanimidade geral. Agora, não vai mais subir para o céu. Vai ficar é aqui na Terra mesmo, fazendo aquelas coisas maravilhosas dele.

Quando escrevo errado, vai ver é coisa do meu tempo. Nesse ponto, sou um pouco reacionária: haja mudanças... A família do meu pai usa como sobrenome Assumpção com p. Quando nasci, já não se usava o p. O agá do meu nome coloquei no meu apelido de infância, Leilá, quando aprendi a escrever, quando fiquei sabendo da função de "levar pra cima!", "levar pro alto" as coisas. Agora, o *pharmacia*, do tempo do meu avô, já não dá, não é? Uma vez, escrevi "camções", com "eme". Minha tia me mandou escrever "canções", na lousa inteira, de cima a baixo. Aí, fiquei sem saber. Camila, no Vera Cruz, recebeu um bilhete da escola, dizendo que "não se escrevia como se falava". Também mandei um bilhetinho de volta: "E aí? Como fica minha dramaturgia?".

Mandei o seguinte e-mail para minha filha agora: "Nós". A tia Mariliza ligou, dizendo que sua saúde está óóóótima! Ela está com 92 anos. Disse que sua avó, Maria Eliza, viveu até 95. Só aí me dei conta de que essa avó, que viveu até os 95, é minha famooosa bisavó Mariquinha, que veio a cavalo tirar diploma de professora em São Paulo, com cabelos ao vento, para fundar, depois, a primeira escola de Botucatu, ainda não upon-Avon, em mil oitocentos... e nada! Então, ela vem a ser, do Otto, filho da Camila, vem a ser....ai! Aí, já é "ANTEPASSADA!" E CHEGA!!!!!!

Só mais umazinha. Sempre tivemos cinco gerações vivas, "cinco gerações vivas", que agora se transformaram em cinco gerações mortas, "cinco gerações mortas" etc.

Fiz aquela Rosacruz, por correio, mas, quando fui a uma reunião, não me identifiquei. O Fauzi me disse que também teve essa mesma experiência com a Rosacruz. Da Cabala gostei muito, mas quando entrou na reencarnação... não deu. Sou agnóstica.

Li, hoje, uma crônica do cineasta Antônio Jabor, contando de uma tortura, não dele: "Empalado com um cassetete dentado, o corpo todo escovado com uma escova de arame". Lembrei-me de uma vez Dilma falando, não sei onde, que "chega uma hora em que... você não sente mais nada". Será? E lembrei-me de um livro, *O cisne*, que relata a guerra da China contra o Japão, no qual as pessoas... esqueci.

JARDIM DE ANTENAS
O primo Júnior, o do satélite, acaba de me ligar, dizendo que construiu no interior uma "torre de antenas": De "Júnior Torres". Um jardim de antenas, com uma antena, que é a maior, mesmo, do mundo inteiro. Por meio dela pode-se comunicar com... Bem... Isso é que é "PRIMO ANTENADO". Nossa! QUE livro não daria a história desse primo Júnior! Ou um filme... Já pensou?

Passando para o surrealismo: o jardim de antenas, depois, um jardineiro plantando as sementes das antenas, que nascem e vão crescendo...

Para Jezebel! PARA!

É proibido.

Em 1968, vinda de um grafite nas ruas de Paris, em maio, e passando pela música de Caetano Veloso, a palavra de ordem "É proibido proibir" inundava tudo. Aí, em dezembro, aqui no Brasil, o governo baixou o AI-5, Ato Institucional nº 5, que proibiu esse tudo. Então, mais tarde, veio a internet com o seu vale-tudo. E, há muito tempo, parece que temos: "É proibido falar qualquer coisa que não seja absolutamente desagradável!".

Perjúrio.

Hoje, até Deus está em crise existencial, sem saber se ele existe mesmo, ou se é apenas "produto cultural".

Se a gente precisar de médico nas festas de fim de ano, cadê? Nem sequer pronto-socorro. O único jeito é virar árvore de natal de uma vez e começar a acender as luzinhas, que piscam piscando e cantar o *Jingle bell*.

OBJETO NÃO IDENTIFICADO

Faz tempo, senti um "objeto não identificado" nos meus países baixos. Tem coisa que conheço bem, saberia o que é. Mas não, não era "aquilo". Fui à doutora Albertina. Não era nada. Somente meu útero que estava um pouco *voyeur*, estava querendo espiar lá fora. O meu útero havia caído. A base do útero tem a lisura da ponta de um pênis, daí a minha estranheza. Ainda bem que essa GÊNIA identificou. Precisou tirar.

Sem dramas, tirou por baixo mesmo. Só fiquei um pouco tristonha... Eu e a Albertina somos amigas desde o pré-feminismo.

Ela é uma das poucas crianças livres com responsabilidade que conheço.

Escrevendo

Deito-me e fico pensando: "E vou pôr mais essa frase, um

ponto de interrogação lá... Sentindo o ritmo. E uma reticência aqui etc.

Mas, quando escrevo, escrevo do mesmo jeito que ando. Ponho um GPS e vou. Não fico pensando: "Vou pôr um pé na frente do outro e o outro na frente do um" etc. Vou escrevendo, simplesmente.

TERCEIRA IDADE
Hoje, ia atravessar a rua... Nada... Trânsito absolutamente impossível. Lembrei-me, então, daquela história do Carlinhos Lyra que fingiu um ataque pra poder atravessar a rua. A gente está sempre apreendendo! Muito discretamente, levantei os braços e falei: "Atenção! Senilidade! Senilidade! Atravessando a rua a terceira idade!!!". Daí, atravessei. Sempre discretamente. São nossas vantagens, que pouca gente percebe, estando na terceira idade! E sinto as pessoas mais gentis comigo.

Deu um torcicolo na minha lombar. Raios! Isso não é vantagem nenhuma da terceira idade e DÓÓÓIII!

Mais perjúrio: aquela parte que Deus ordenou a Abraão que sacrificasse o filho para ele. É viável? Aconteceu mesmo? E Abraão indo sacrificar o filho... E o livre-arbítrio?

Às vezes, a megalomania é apenas um "instinto de sobrevivência".

Controvérsias. Pode ser uma palavra mágica. Qual é a idade dela? "Há controvérsias." Isso te dá o direito a tuuuuuuudo! Só lembrando...

Quando estreei, com o raio do *Fala baixo*... Zé Celso me perguntou, depois, por que não tinha dado o texto para ele ler antes. Teria feito com a Etty Fraser etc. Não era o meu ponto de vista. A peça ficou conhecida por um ÚNICO texto que rodava, sem eu ter nenhuma cópia. Cópia essa que estava debaixo de um abajur que pegou fogo, meu Deus, no meu quarto de pensionato, em 1969. Peguei o texto, só ele, e saí correndo para fora do pensionato. Cacilda Becker pediu para ler. Não sei se leria mesmo. Ela estava fazendo *Esperando Godot*. Mas fiquei muito envaidecida.

Clóvis falou: "Não. A peça é da Marília Pêra". Eu concordei, ele tinha razão. E lá fomos nós nos encontrar com a Marília.

Fauzi Arap, durante 10 anos, tentou me dizer o "porquê" de não ter dirigido minha peça *Fala baixo senão eu grito*. Eu tinha medo de machucá-lo. Ele tinha feito um Plínio Marcos lindo, lançado nossos amigos José Vicente e Bivar. Isabel Câmara também era amiga. Até que um dia criei coragem e disse: "Fauzi... Eu nunca te convidei". Ai, dor! Acho que pode fazer mais de 10 anos... Ele morreu outro dia.

Parece que levaram, na TV Tupi, naquela época, talvez com direção do Cassiano, não me lembro bem, uma novela, passada num pensionato, com uma Leilah. Mas, naquele tempo, as novelas não eram o que são hoje, não. Não prestei muita atenção.

Prêmios, ah, como ganhei prêmios..., Mas não vou agora enumerar, nem pensar que vou enumerá-los!

Para passado! Paara!

Que venha rápido a *OUR TRIP!!!*

A vida, na verdade, deveria ser uma grande *our trip*!

Outubro – Eleições 2014.
Dilma é novamente presidente do Brasil.
Sou uma operária da palavra.

Me veio à mente agora um acontecimento engraçado.

Liguei para um cinema perguntando que filme estava pas-

sando. A bilheteira prendeu a respiração e respondeu pausadamente:
"PORS – TER – GUEI – TI".
Soltou a respiração. Tinha conseguido falar correto!
Daí veio...
Bilheteira: "O FE – MMMMMMMÔ- ne – mo!!!"
Rimos, as duas

Eu só gosto de humor assim, na hora, espontâneo. Piadas para fazer rir me fazem mal ao estômago.

Essa tentativa de os seres humanos viverem todos juntos, sem se estraçalhar, é... Não sei o que é...

A enfermeirinha Daisy me trouxe agora o último vídeo da Beyoncé.

(pausa)

Nossa... NOSSA! Obrigada, amiguinha!

Quem conseguir chegar na "transcendência da velha velhice" vai conseguir ler, talvez, um livro só pelo título e autor. As notícias, e fazendo conexões, só pelas manchetes. E assim por diante. Aliás, já está acontecendo, CLARO. Faz tempo.

Uma vez, Sérgio, meu atual motorista, estava demorando a chegar.
Euzinha: "Neta, acho que o Sérgio foi sequestrado".
Neta, minha funcionária, disse:
"A senhora 'NÃO PAGA' o resgate, hein?"

A enfermeirinha Daisy tirou uma foto do papagaio Tonico com a Neta se olhando, se paquerando, ela tímida e, finalmente, beijando na boca!"... Está na moda.

Fiz uma colagem daquele evento: "AMOR NO PRÓXIMO SÉCULO":
Tonico e Neta como atores.
Fotografia: Daisy.
Produção: Sérgio
Direção: Leilah.
E inspiração: acho que divina... vai saber.
Coloquei essa colagem no meu museuzinho, aqui no meu escritório. O museu tem o famoso livro de fotos dos jovens nus, da Vania Toledo. Um quadro pintado pela Regina Boni. Outro quadro pintado pela Regina Duarte. E muitas, muitas outras relíquias e curiosidades mais.

Mandei duas vezes a enfermeirinha Daisy no meu lugar no horário de terapia porque eu estava absolutamente exausta de tanto escrever aqui. Minha psiquiatra-psicoterapeuta me ligou dizendo que queria me ver olho no olho. Eu também queria! Percebi então que eu estava "terceirizando a terapia".

A enfermeirinha me contou que o cunhado deixou uma vela acesa em cima da geladeira. A vela furou a geladeira que era feita, enfim, de um material "furável".
A classe A troca a geladeira de 12 em 12 anos. A classe C, a cada três anos.

Leio, na coluna de Mônica Bergamo, que um decorador mandou a empregada embora, por ter colocado a manta Louis Vuitton da cachorrinha na máquina de lavar. Virou um trapo.

Comentei isso com alguém que disse: "O decorador fez muito bem".

(pausa)

Dizer o quê?

ROSE MARIE MURARO
Rose Marie Muraro morreu em 2014. Sofri demais. Aos poucos, vão indo as pessoas que a gente amava e com quem adorava falar ao telefone. Às vezes, uma de nós tinha que berrraaar com a outra para poder falar. Ela só não foi uma premonitória porque tinha uma bagagem enorme de conhecimento, principalmente de Física, que justificavam as premonições que serão revistas. Vou fazer silêncio, amiga.

Lembrei-me de que dei um almoço para ela quando fez 70 anos.

Presentes intelectuais de peso da USP. Outra amiga: Malu Bresser Pereira, que havia feito Ciências Sociais, quando chegou e viu as convidadas, catedráticas que haviam sido professoras dela, falou: "Nossa! Parece que estou entrando dentro de uma BIBLIOGRAFIA".

Estou fazendo um malabarismo no português que o próprio deve estar adorando! Acho que o culpado foi o latim. Isso porque, certa vez, fiquei de segunda época em latim, nos tempos de Botucatu-upon-Avon.

Na língua portuguesa, o que é dito no popular, no cotidiano, um dia entra para o dicionário.

Com a corrupção acontece a mesma coisa. Exercida e popularizada, chegará a ser regra? E a regra? Vai se tornar lei? A corrupção vai se tornar lei?

Shakespeare era verborrágico. Deus, penso eu, era onomatopaico e mo-nos-si-lá-bi-co. E por aí vai...

Foi assim, aquela evasão que comecei contando:
Estava no hospital, já saudável e prontinha, esperando a alta. Um tempão e... nada. Aí, coloquei este "cerebrinho" insosso que Deus me deu em movimento, só isso. O que tinha que ser feito era apenas burocracia, papéis, receitas. Não precisavam da minha presença, não.
Aí, o cerebrinho insosso começou a pensar: "Por que não?".
E fui indo, só isso, tranquilamente, mais nada, só com o cerebrinho insosso em ação.
E saí do hospital. Segundo eles: "Me evadi!".
Ou melhor, fugi, segundo o vulgo. Como já falei, deixei a acompanhante para receber a alta.
É. Terceirizei de novo.
Meu médico quando chegou, meu querido doutor Scalabrini, falou para a acompanhante-enfermeirinha que recebia a alta: "É. Vamos fazer o quê, né? A acompanhante: "É". Pronto.

SAUDADES DO BARRO
Isso não me lembro, mas me foi contado. Falar em "ir indo... ir indo... no hospital", na primeira vez que morei em São João, eu brincava deliciosamente no barro com meu irmão e logo vinha aquela coisa de: "Quem vai tomar banho?" Meu pai lecionava ali na escola perto da minha casa. Estava dando aula para o terceiro científico. Aí, fui indo... fui indo... entrei na escola descalça e toda imunda de barro. Não tinha 7 anos ainda, não, nem 6. Fui indo, as funcionárias não entendendo muito a coisa... e entrei onde meu pai estava dando aula: "Papai, mamãe mandou chamar o senhor que o Nego não quer tomar banho!!!".
Outra: devia ser bem antes dos 6 anos. Eu havia simples-

mente SUMIDO, sumido! Me procuraram até no córrego. Aí, já no entardecer... eu tinha sido encontrada... mais do que viva... Tinha passado a tarde toda, bem sentadinha, na carteira, e atenta, tendo aula no primeiro ano escolar, junto com minha amiga mais íntima na escola, onde MINHA MÃE ERA A DIRETORA!!!

Isso eu me lembro muito bem, como se fosse ontem. Minha chegada em casa.

A vizinhança toda na rua, preocupadíssima! Eu me apavorei! Pensei que iria apanhar, ou ficar de castigo. MAS NÃO! Minha mãe me abraçava e chorava! Os vizinhos me abraçavam! Meu Deus!... O que tinha acontecido?

Vi-me, agora, criança, na casa da vovó Cymodocea, na sala de visitas, em Botucatu-upon-Avon, lendo com ela, pausadamente, o cabeçalho dos jornais, nome, manchetes. Devo ter lido, também: "A pata nada. Pata-pa. Nada-na". Mas disso não me lembro, não. Me lembro é das manchetes dos jornais.

Quando Camila, minha filha, estava com 6 anos, íamos entrando em Ibiúna e ela começou a ler "I". Era o "I" do nome de sua melhor amiga: Ivana. Camila disse: "Não, mamãe! Aí não é Ivana não! É: "I-BI- Ú-NA!" Tenho a maior admiração por essa moça chamada Camila Appel. Onde foi que eu errei na educação dela para ela estar dando tão certo?

Que vontade de ter a cabeça desse matemático premiado, Artur Ávila. "Em algum desvão escuro do caos esconde-se a ordem que só a matemática descobre."

(pausa)

Meu pai dizia que música é matemática e por aí afora.

"No fundo do caos, começa o ritmo da vida." Essa peça sou eu mesma quem vai escrever.

Melhorei na internet e uso celular agora. Para mandar mensagens. Não dá pra ficar de fora, não dá.

Tenho conseguido fazer meditação; o que é uma maravilha. Mas uso uma ou outra alopatia, o que é ótimo também.

Meu pai me confessou um dia que a maior emoção da vida dele inteira foi quando ininterrupto e viciado feitor de palavras cruzadas, com o cigarro se equilibrando e queimando inteiro no canto da boca, estava preenchendo uma delas e deu com isso: "Jovem autora da peça *Fala baixo senão eu grito...*"

(pausa)

Mais tarde, eu teria falado: "Papai! Agora a sua filha cai em vestibular! Eu caio em exame! Eu caio em exaaame!!!".

Escrevi um livro, ou melhor, um caderno, com o título: "Um sorriso na alvorada." Daí fundaram Brasília e mudei o título para "Um sorriso em tela escura." Foi-se. Lá pelos 11 anos. Que eu me lembre, não tinha a menor qualidade.

Quando acabar este livro, vou ler: *Os processos de criação na escritura, na arte e na psicanálise,* de Philippe Willemart.

Eu tinha um caderno inteiro de poesias, de minha lavra, de infância e adolescência, que uma colega minha (não sei qual, a desgraçada) roubou e destruiu. Não foi em Botucatu nem em São João. Minha e... não se lembra. Ela não se lembra... Minha irmã é muito macia e era a minha "ídala" na infância. E minha mamãe, a minha "deusa".

Meu cérebro vai se lembrando de tudo. O que não for importante, ele deleta meeeessssmo. Não pode sobrecarregar o chip.

Tia Maura foi minha professora de quarto ano e me mandava escrever todas as minhas composições na lousa. Mas o maior gênio que passou por ela foi meu irmão, que fazia teoremas com o nome dele ou coisa parecida. Esse irmão, sempre entendeu tudo, mas um dia, caindo de tão bêbado, deu aquele tiro que já contei, não morreu, graças! E continuou entendendo, mas só o que era importante. Me lembro de novo do dia em que brincamos de encostar a ponta da língua, e ui! tic! Encostamos e pronto. Só isso

A cunhada do meu irmão, Sueli, mora nos Estados Unidos, casada com o astrofísico americano Gary Steigman, pioneiro dos estudos sobre a origem do Universo, bem lá atrás, nos anos 1960, o Big Bang. Achei isso bonito.

Bom, o primo Júnior não esquece de um *Caso especial* que fiz para a Globo, na Era Paleolítica, onde a mocinha era a Beth Mendes. Beeem magrinha! O mocinho era o Marcos Paulo. Ela vai subir na escada rolante, a escada para e ela fica sem saber o que fazer. Uma passante diz: "Ué... Sobe a pé".

(pausa)

Tinha também um diálogo de uma secretária eletrônica com outra (um aparelho que ainda não existia quase, mas me deram uma de presente), que acaba assim:
As duas secretárias eletrônicas conversando:
Uma: "Isto é uma gravação... Isto é uma gravação".
A outra: "Isto é uma gravação...Isto é uma gravação".
E assim ficam um tempão, uma para a outra: "Isto é uma gravação... Isto é uma gravação!...".
Não tem gente que dialoga assim?

A plástica que fiz no meu rosto deu quase certo. Porém só quando consegui recuperar a linha do queixo é que me reconheci de verdade. Agora me sinto mais bonitinha. Mas, bonita ou feia, a idade chega mesmo, pra todo mundo, fazer o quê? E nem estou ainda na idade do "foda-se".

Minha peça: *Estou louca para...* acabou ficando com o título *Dias de felicidade*. Mais que uma peça bem-feita, é um fluxo teatral. Dramático. Entre uma banqueira e seu marido advogado, filho de um marxista. Pensei em discutir a dor e a beleza. Acho até que coloquei isso. Mas o que saiu mesmo foi uma bonita história de amor. Ou seja, coloquei meu GPS, mas no teatro a arte tem GPS próprio. Pretendo tentar montá-la o ano que vem. Penso de novo: ser amada no seu mais bonito é maravilhoso. Mas ser amada no seu momento feio é muito mais que isso. Você põe o seu GPS e a arte tem GPS próprio. Quando os dois coincidem ser o mesmo ponto... ah, te segura que vem coisa aí.

Sempre que quero encenar uma peça, procuro encontrar, primeiro, um "cúmplice", que se apaixone tanto pelo projeto quanto eu. A partir daí tudo fica mais fácil.

Na vida, todo mundo precisa de um "cúmplice".

Depois, mais tarde, penso em escrever a acirrada competição entre duas senhorinhas encantadoras, no alvorecer da primeira velhice, que se amam, se adoram e se odeiam mais ainda. O primeiro nome que me vem é: "O mistério dela". Depois "O mergulho." E daí: "Mergulho no mistério dela".

Depois, penso em escrever um monólogo para um ator sobre o homem moderno.

Lá atrás, minhas primeiras peças foram estudadas, a maior parte junto com a Consuelo de Castro. Margo Milleret, da Universidade de Austin, Texas, fez um trabalho sobre nós duas, muito bonito. Mas nós éramos aquelas jovens de 1969, tínhamos só duas peças, três. Agora... lá se vão os anos... cheguei aos 50 anos de teatro. Quantas peças! E recebo a tese que a Priscila

Del Nero está fazendo – a partir de *Fala baixo senão eu grito* – da minha obra. Fiquei muito impactada. Segundo ela, eu fiz um grande panorama da mulher brasileira do século XX. Ela me pergunta se foi proposital.

Eu respondi: "Não. Não foi. Eu não sabia. Então, aos poucos, comecei a 'não saber meio sabendo'". Mas eu disfarçava muito. Para que não me sabotassem. E, principalmente, para que eu não sabotasse a mim mesma.

A Consuelo escreveu uma peça sobre a Lei Maria da Penha. E a última fala é: "Fala baixo senão eu grito". A Consuelo me contou que a pessoa Maria da Penha, a própria, não gostou da peça. Porque achou que nela havia palavras "chulas". Pausa. Imagine, o diálogo afiado e certeiro, como uma lança da grande Consuelo de Castro.

Às vezes, quando escrevo uma peça, eu faço antes um pequeno conto, que na verdade é uma sinopse mais elaborada. Minha peça *O momento de Mariana Martins* começou assim. A *Fala baixo...* foi, primeiro, um pequeno conto que eu fiz, anos antes de escrever a peça. *Adorável desgraçada* foi, antes, um conto meu publicado pela revista *Claudia*, que agradou muito. *Mergulho no mistério dela* já vai virar conto. Outro dia me disseram que Tennessee Williams fazia isso também.

Finalmente sem enfermeirinhas, sem acompanhante... Independência é mesmo fundamental!

O livro que escrevi para me comunicar com a Camila chamou-se *Na palma da minha m*ão por causa do M que temos na mão.

Primeiro, eu me referia ao M da minha mãe, que morreu.

Aí, nesse livro, eu retrato todo o processo difícil de sair da posição de SER FILHA para a posição de SER MÃE.

Começo no "ser filha" de uma mãe que morreu até chegar no jeito novo de ver o M da palma da minha mão: o M da mãe, em que eu finalmente me tornara.

Ser adulto, hoje. O mundo lá fora... O mundo aqui dentro.

A medicina avançou na cura para as doenças do corpo. Mas para as doenças da alma ainda está devagar...

Um ex-médico de inseminação artificial estuprou quase todas as clientes e manipulou óvulos. Os radicais psicopatas do terrorismo internacional. Essa coisa aí no que o ser humano está se transformando que ninguém sabe o que é...

(pausa)

Vamos mudar de assunto... Ontem o Hudson me disse que eu sou uma transgressora. É encantador escutar isso agora vindo de um genro. Será que algum dia escutarei o mesmo vindo de um netinho? "Vovó transgressora?"

2015
4 DE FEVEREIRO: morre a musa do Cinema Novo ODETE LARA. Como sinto sua falta, querida irmã. Odete, minha amada irmã de escolha.

25 DE JUNHO: morreu Clóvis Bueno. Também chorei muito. De cirrose, esperando um fígado que nunca veio. Sinto que finalmente ele chegou no lugar que tanto procurou.

Estreia, em São Paulo, a minha peça *Dias de felicidade*. Direção de Regina Galdino.
Estreou muitíssimo bem.

(pausa)

2016
Morre Consuelo de Castro. Consuelo se foi. Chorei muito. Grande amiga, grande mulher, dramaturga maior.

NASCEU ANNA! Minha netinha! De novo estou embebedada de prazer.
Anna tem olhos azuis.

Otto tem olhos negros e profundos.
Se não me contenho, acabo falando só dos netos, mas me seguro. (Para... para!...) Não pode ser assim.

2017
19 DE OUTUBRO: estreia de *Intimidade indecente* em Belo Horizonte. Direção de Pedro Paulo Nava.
19 DE OUTUBRO: estreia de *Intimidade indecente* em Hamburgo, Alemanha. Tradução de Ângela Mermman.

Maravilha. Camila é uma das principais redatoras do ótimo *Programa do Bial*.

Acabei de escrever minha nova peça *Mergulho no mistério dela*.
Morre o crítico literário Antonio Candido Mello e Souza.

Morre minha querida amiga revolucionária Ruth Escobar.

É... as pessoas queridas vão indo...
A situação no Brasil está cada vez pior. UM ASSOMBRO.
A política: UMA ASSOMBRAÇÃO.

(pausa)

Lá longe... vem vindo UM COMETA!
Está se aproximando!...
AVISEM AQUELE COMETA QUE EU VOU EMBARCAR!

(grande pausa)

Camila e Hudson me dizem que querem mais filhos...
Outro netinho...Outra netinha...
DIGAM AO COMETA QUE EU SÓ VOU NUM PRÓXIMO!

(grande pausa)

Sonho bonito ontem. Eu estava vendo um mar tranquilo, que entrava na praia, a mais linda que vi na minha vida inteira, como uma gilete afiada e suave, formando meias- luas na areia fina. (Praia de Cayo Largo, Cuba). Pessoas, personagens com as quais convivi durante esse tempo todo, neste livro, fazem uma coreografia bonita e afetiva. Elas se despedem. Vão voltar para o fundo mar.

FIM
São Paulo, 2019

OBRAS ENCENADAS

PARA TEATRO E TELEVISÃO

1969
FALA BAIXO SENÃO EU GRITO
Direção: Clóvis Bueno
Elenco: Marilia Pêra e Paulo Villaça

1970
JORGINHO, O MACHÃO
Direção: Clóvis Bueno
Elenco: Pedro Paulo Rangel, Nonoca Bruno, Maria Izabel de Lizandra e Claudio Corrêa e Castro (SP); Marieta Severo, Gracindo Júnior, Fregolente, Maria Glaydis, Berta Loran (RJ)

1973
AMANHÃ, AMÉLIA, DE MANHÃ
Direção: Aderbal Freire Filho
Elenco: Sueli Franco, Otávio Augusto, Tamara Taxman, Zózimo Bulbul, Fotóti, Artur Costa Filho

1973
VENHA VER O SOL NA ESTRADA
Telenovela para a TV Record
Direção: Antunes Filho
Direção-geral: Cassiano Gabus Mendes
Elenco: Ney Latorraca, Jussara Freire, Márcia Real, Marcia de Windsor e outros

1974
REVIRA-VOLTA
Telepeça. *Caso especial* para a TV Globo
Elenco: Bete Mendes e Marcos Paulo

1975
RODA COR DE RODA
(revisão de *Amanhã, Amélia, de manhã*)
Direção: Antonio Abujamra
Elenco: Irene Ravache, Lilian Lemmertz (SP); Suzana Vieira, Natália do Valle, Arlete Sales (RJ)
Direção: Gracindo Junior

O REMATE
Caso especial para a TV Globo
Direção: Antonio Abujamra
Elenco: Odete Lara

QUATRO MULHERES
Direção: Odavlas Petti
Elenco: Françoise Forton

1977
SOBREVIVIDOS
Direção: Leão Lobo
Integrante da Feira Brasileira de Opinião

1979
VEJO UM VULTO NA JANELA ME ACUDAM QUE EU SOU DONZELA
Primeira peça da autora, escrita em 1964
Direção: Emílio Di Biasi
Elenco: Claudia Mello, Yolanda Cardoso, Ruthinéa de Moraes e Eugênia de Domenico (SP), Maria Letícia, Rosamaria Murtinho, Cissa Guimarães (RJ)

1980
KUKA, O SEGREDO DA ALMA DE OURO
Ópera-rock
Direção: Jorge Takla
Elenco: Celine Imbert, Luiz Roberto Galizia
Música: Osvaldo Sperandio

1981
SEDA PURA E ALFINETADAS
Direção: Odavlas Petti
Elenco: Clodovil Hernandez, Lília Cabral, Márcia Real

O PRÍNCIPE ENCANTADO
Episódio da série *Malu mulher*. TV Globo
Elenco: Regina Duarte, Eva Wilma, Carlos Zara

1982
AVENIDA PAULISTA
Minissérie para a TV Globo
Direção: Walter Avancini
Elenco: Antonio Fagundes, Dina Sfat, Walmor Chagas, Bruna Lombardi

1983
MOINHOS DE VENTO
Minissérie para a TV Globo
Direção: Walter Avancini
Elenco: Renée de Vielmond, Raul Cortez

1984
BOCA MOLHADA DE PAIXÃO CALADA
Direção: Mirian Muniz
Cenário: Flávio Império
Elenco: Kate Hansen e Emílio Di Biasi

1986
MENINO OU MENINA?
Minipeça para musical
Direção: Altair Lima

1987
LUA NUA
Elenco: Elizabeth Savala, Otavio Augusto, Claudia Gimenez

1988
BOGEYMAN
Versão em inglês de *Kuka, o segredo da alma de ouro*
Para a inauguração do Primeiro Festival Internacional de Dramaturgas
Direção: Trisha Sanberg
Buffalo, USA

1991
SAY THAT I WENT TO MAYA MUM
International Staged Festival William Redfield Theatre
Broadway, NY, USA
Direção: Melody Brooks

1992
QUEM MATOU A BARONESA?
Direção: José Possi Neto RJ
Cenário: Felipe Crescenti
Elenco: Marília Pêra

1993
ERA UMA VEZ... LUCIANA
Episódio de Abertura da série *Retrato de mulher*. TV Globo
Elenco: Regina Duarte

1994
ADORÁVEL DESGRAÇADA
Revisão de *Quem matou a baronesa?*
Direção: Fauzzi Arap, SP
Elenco: Claudia Mello

1999
O MOMENTO DE MARIANA MARTINS
Direção: Luiz Arthur Nunes
Elenco: Claudia Alencar, Oscar Magrini e outros

2001
INTIMIDADE INDECENTE
Direção: Regina Galdino
Elenco: Irene Ravache e Marcos Caruso
Depois substituídos por Vera Holtz e Otávio Augusto

2008
ILUSTRÍSSIMO FILHO DA MÃE
Direção: Marcio Aurélio
Elenco: Miriam Mehler e Jairo Mattos

2015
DIAS DE FELICIDADE
Direção: Regina Galdino
Elenco: Lavínia Pannuzio e Walter Breda

OBRAS PUBLICADAS

DA FALA AO GRITO
Prefácio de Sábato Magaldi
Três das suas primeiras peças
Editora Símbolo – São Paulo, 1977

NA PALMA DA MINHA MÃO
Literatura
Sua relação com Camila, sua filha então adolescente
Editora Globo – São Paulo, 1998

ONZE PEÇAS DE LEILAH ASSUMPÇÃO
Onze de suas peças montadas
Editora Casa da Palavra – Rio de Janeiro, 2010

Marcos Caruso e Irene Ravache em *Intimidade indecente*, 2001

Paulo Villaça e Marília Pêra em *Fala baixo senão eu grito*, 1969

SOBRE A AUTORA

"Leilah Assumpção inventou uma nova forma de pôr em cena teatral suas intuições, descobertas e experiências: inovou de tal maneira a dramaturgia em sua geração que se tornou a introdutora de um diálogo inusitado e de personagens inéditos. Nada seria mais necessário para o reconhecimento de uma autora absolutamente original e única."

Renata Pallottini
Professora titular da Universidade de São Paulo, dramaturga e crítica, 2019

"Uma das personalidades mais fortes da geração de autores que veio à tona no fim dos anos 1960 – e também uma das mais censuradas, nos anos do regime autoritário –, Leilah tem preservado, na sua trajetória, uma apreciável coerência, criando alguns dos mais fortes personagens femininos da dramaturgia nacional dessas duas décadas; personagens que defendem altivamente os seus direitos e a sua condição de mulher, através de uma linguagem na qual a veemência, o colorido coloquial e o humor se fundem para criar uma poética muito pessoal."

Yan Michalsky
Crítico teatral e ensaísta, 1989

"A dramaturgia de Leilah Assumpção é um marco na dramaturgia brasileira. É quando o teatro começa a conversar com a mulher e com o feminismo."

Carmelinda Guimarães
Crítica teatral, 2010

"Leilah Assumpção é um pouco como sua obra. Charmosa, elegante, engraçada, algo estouvada (alguém ainda se lembra o que significa esta palavra?) e, quando menos se espera, a frase contundente, a memória magoada, a ferida aberta, a dor encabulada. Leilah é avessa às obviedades e ao melodrama.

'Apesar de algo romântica e conservadora' – ela declarou na época de *Intimidade indecente* –, 'não resta dúvida de que minha dramaturgia é de impacto'. Isso me lembra que nenhum autor brasileiro abordou com mais frequência e profundidade a condição feminina. Leilah fez dela sua bandeira, seu tema e sua marca.

Desde sua fulgurante estreia em *Fala baixo senão eu grito*, suas tramas se constroem com um humor vertiginoso, e quando o espectador imagina que está diante de uma comédia rasgada é surpreendido por uma frase, uma situação, uma reviravolta tão inesperada quanto corrosiva. Leilah expõe e rasga, sem piedade, as entranhas das suas personagens.

São simples a princípio e tão inofensivas, tão facilmente reconhecíveis as suas personagens: é a dona de casa, a mulher do lado, o marido da frente, quase gente como a gente não fosse a explosão, o grito de independência, os desejos ocultos atrás de culpas e recatos.

Jamais esquecerei Irene Ravache, uma inesquecível Amélia de *Roda de cor de roda*, desnudando os seios e pegando-os pelos bicos enquanto entoava seu hino à liberdade. Morria a esposa traída e dedicada e nascia uma prostituta, uma nova Messalina, nova Pompadour e Lucrécia Bórgia!

'O colorido coloquial e o humor se fundem para criar uma poética muito pessoal', disse o saudoso Yan Michalsky, a propósito da dramaturgia de Leilah Assumpção. 'Uma autora original e única', disse Renata Pallottini sobre Leilah. Eu acrescentaria a inteligência, a vocação natural para escrever diálogos, criar subtextos, situações e conflitos inusitados. Uma a uma, Leilah remove todas as máscaras até revelar nua e crua a pequena tragicomédia do ser humano. Suas criaturas ultrapassam a classe a que pertencem. Eu as vejo em todos os segmentos urbanos, do Brasil ou algures, como se diz em Portugal. Por isso, elas viajaram tanto e tão bem. E chegaram lá, embora a autora julgue que não.

Surpreendo encantada em *Memórias sinceras*, a melodia da sua narrativa e o brilho de suas frases: 'Meu pai era um alcoólatra de-fi-ni-ti-vo'. O meu também, Leilah. Mas eu não saberia colocar esse adjetivo com tanta e definitiva graça."

MARIA ADELAIDE AMARAL
Escritora e dramaturga, 2019

Esta obra foi composta em Utopia e impressa em
ofesete pela Gráfica Bartira sobre papel pólen soft
da Suzano Papel e Celulose em outubro de 2019.